O EXÍLIO E O REINO

OBRAS DO AUTOR PUBLICADAS PELA EDITORA RECORD

Romance

O estrangeiro

A morte feliz

A peste

O primeiro homem

A queda

Contos

O exílio e o reino

Teatro

Estado de sítio

Ensaio

O avesso e o direito

Bodas em Tipasa

Conferências e discursos – 1937 -1958

O homem revoltado

A inteligência e o cadafalso

O mito de Sísifo

Reflexões sobre a guilhotina

Memórias

Diário de viagem

Correspondência

Caro professor Germain: cartas e escritos

Escreva muito e sem medo: uma história de amor em cartas (1944-1959)

Coletânea

Camus, o viajante

ALBERT CAMUS
O EXÍLIO E O REINO

TRADUÇÃO DE
VALERIE RUMJANEK

12ª edição

EDITORA RECORD
RIO DE JANEIRO • SÃO PAULO
2024

CIP-BRASIL. CATALOGAÇÃO NA PUBLICAÇÃO
SINDICATO NACIONAL DOS EDITORES DE LIVROS, RJ

Camus, Albert, 1913-1960
C218e   O exílio e o reino / Albert Camus; tradução de Valerie
12ª ed. Rumjanek. – 12ª ed. – Rio de Janeiro: Record, 2024.
176 p.; 21 cm.

Tradução de: L'Exil et le Royaume
ISBN 978-85-01-11129-6

1. Conto francês. I. Rumjanek, Valerie. II. Título.

CDD: 843
17-45851   CDU: 821.133.1-3

TÍTULO ORIGINAL:
L'Exil et le Royaume

Copyright © 1951 by Éditions Gallimard

Texto revisado segundo o Acordo Ortográfico da Língua Portuguesa de 1990.

Todos os direitos reservados. Proibida a reprodução, no todo ou em parte, através de quaisquer meios. Os direitos morais do autor foram assegurados.

Direitos exclusivos de publicação em língua portuguesa somente para o Brasil adquiridos pela
EDITORA RECORD LTDA.
Rua Argentina, 171 – Rio de Janeiro, RJ – 20921-380 – Tel.: (21) 2585-2000, que se reserva a propriedade literária desta tradução.

Impresso no Brasil

ISBN 978-85-01-11129-6

Seja um leitor preferencial Record.
Cadastre-se no site www.record.com.br e receba
informações sobre nossos lançamentos e nossas promoções.

Atendimento e venda direta ao leitor:
sac@record.com.br

A Francine

Sumário

A mulher adúltera	9
O renegado ou um espírito confuso	33
Os mudos	55
O hóspede	73
Jonas ou o artista trabalhando	93
A pedra que cresce	133

A MULHER ADÚLTERA

Há algum tempo, uma mosca magra girava dentro do ônibus, apesar das vidraças erguidas. Insólita, ela ia e vinha sem ruído, num voo extenuado. Janine a perdeu de vista, e depois viu-a aterrissar sobre a mão imóvel do marido. Fazia frio. A mosca estremecia a cada rajada do vento arenoso que rangia de encontro às vidraças. Na luz escassa da manhã de inverno, com um grande barulho de roldanas e chapas de ferro, o veículo prosseguia, jogava, quase não saía do lugar. Janine olhou para o marido. Com redemoinhos de cabelo grisalho que quase cobriam a testa estreita, nariz largo, boca irregular, Marcel parecia um fauno entediado. A cada buraco do calçamento, ela sentia-o sobressaltar ao seu lado. Depois, deixava cair o tronco pesado sobre as pernas afastadas, o olhar fixo, novamente inerte e ausente. Apenas as grandes mãos imberbes, que o terno de flanela cinzenta, ultrapassando as mangas da camisa e cobrindo os punhos, tornava ainda mais curtas, pareciam estar em ação. Apertavam com tanta força uma maleta de lona, colocada entre os joelhos, que pareciam não sentir a corrida hesitante da mosca.

De repente, ouviu-se com nitidez o vento uivar, e a névoa mineral que cercava o ônibus tornou-se ainda mais densa. A areia se abatia agora aos punhados sobre as vidraças, como que lançada por mãos invisíveis. A mosca mexeu uma asa friorenta, dobrou-se sobre as patas e alçou voo. O ônibus diminuiu a velocidade, dando a impressão de que ia parar. Em seguida, o vento pareceu acalmar-se, a névoa se dispersou um pouco e o veículo recobrou a velocidade. Abriam-se clareiras de luz na paisagem submersa em poeira. Surgiram na vidraça duas ou três palmeiras frágeis e esbranquiçadas, que pareciam recortadas em metal, e logo desapareceram.

— Que lugar! — disse Marcel.

O ônibus estava cheio de árabes que fingiam dormir, metidos nos seus albornozes. Alguns tinham colocado os pés sobre o banco, e oscilavam mais que os outros com os movimentos dó veículo. Seu silêncio, sua impassividade acabaram por pesar em Janine; parecia-lhe que viajava há dias com essa escolta muda. No entanto, o ônibus partira de madrugada do terminal ferroviário e, há duas horas, na manhã fria, avançava num planalto pedregoso, abandonado, que, pelo menos no início, estendia suas linhas retas até horizontes avermelhados. Mas o vento se erguera, e, pouco a pouco, devorava o espaço imenso. A partir daquele momento, os passageiros nada mais viram; uns após os outros, todos se haviam calado e navegavam em silêncio, numa espécie de noite insone, enxugando às vezes os lábios e os olhos irritados pela areia que se infiltrava no ônibus.

— Janine!

Teve um sobressalto ao ouvir o chamado do marido. Uma vez mais, pensou o quanto era ridículo esse nome, para uma mulher alta e forte como ela. Marcel queria saber onde estava a maleta de amostras. Com o pé, ela explorou o espaço vazio sob o assento, e encontrou um objeto que concluiu ser a maleta. Na verdade, não podia se abaixar sem sufocar um pouco. No ginásio, no entanto, era a primeira da turma em ginástica, tinha um fôlego inesgotável. Fazia tanto tempo assim? Vinte e cinco anos. Vinte e cinco anos não eram nada, já que parecia ter sido ontem que hesitara entre a vida livre e o casamento, ontem mesmo que pensara com angústia no dia em que, talvez, envelheceria sozinha. Não estava só, e o estudante de direito que não queria deixá-la nunca se encontrava agora a seu lado. Acabara aceitando-o, apesar de um pouco baixo, e de não gostar muito de seu riso breve e ávido, nem dos olhos negros por demais salientes. Mas gostava da sua coragem de viver, que ele compartilhava com os franceses da região. Gostava também de seu ar perplexo quando os acontecimentos, ou os homens, traíam sua expectativa. E, sobretudo, gostava de ser amada, e ele a inundava de atenções. De tanto fazê-la sentir que existia para ele, acabara fazendo com que realmente existisse. Não, ela não estava só...

O ônibus, com grandes toques de buzina, abria caminho através de obstáculos invisíveis. Dentro do veículo, contudo, ninguém se mexia. De repente, Janine sentiu que a olhavam, e voltou-se na direção do banco que era a continuação do seu, do outro lado do corredor. Aquele não era um árabe, e ela se surpreendeu por não tê-lo notado no embarque. Trajava a farda das unidades francesas do Saara, e um boné de brim tingido sobre o rosto curtido de chacal, longo e pontiagudo. Examinava-a fixamente com seus olhos claros, com uma espécie de tédio. Ela enrubesceu de repente e voltou-se para o marido, que continuava a olhar para a frente, para a névoa e o vento. Enrolou-se no casaco. Mas revia ainda o soldado francês, longo e esguio, tão esguio, na túnica ajustada, que parecia feito de uma matéria seca e frágil, uma mistura de areia e osso. Foi nesse momento que viu as mãos magras e o rosto queimado dos árabes que estavam diante dela, e que notou que pareciam à vontade, apesar dos trajes amplos, nos bancos em que ela e o marido mal se mantinham. Puxou para si as abas do casaco. No entanto, não era assim tão gorda, antes grande e cheia, carnuda, e desejável ainda — sentia-o bem no olhar dos homens — com seu rosto um pouco infantil, seus olhos frescos e claros, que contrastavam com o grande corpo que ela sabia ser morno e repousante.

Não, nada se passava como previra. Quando Marcel quis trazê-la com ele nessa viagem, ela protestara. Ele pensava na viagem há muito tempo, mais precisamente desde o fim da guerra, quando os negócios se haviam normalizado. Antes da guerra, a pequena loja de tecidos que ele retomara dos pais quando renunciara aos estudos de Direito permitia-lhes viver razoavelmente bem. No litoral, os anos de juventude podem ser felizes. Mas ele não gostava muito de esforço físico, e logo deixara de levá-la às praias. O pequeno automóvel só os tirava da cidade para os passeios de domingo. O resto do tempo, ele preferia sua loja de tecidos multicoloridos, à sombra das arcadas do bairro meio regional, meio europeu. Moravam em cima da loja, em três cômodos decorados com tecidos árabes e móveis baratos. Não tinham tido filhos. Os anos haviam passado, na penumbra que se encarregavam de manter, com as persianas semicerradas. O verão, as praias, os passeios, o próprio céu ficavam distantes. Nada parecia interessar Marcel a não ser os seus negócios. Ela julgara ter descoberto sua verdadeira paixão, o dinheiro, e isso a desagradava, sem que soubesse bem por quê. Afinal, beneficiava-se disso. Ele não era avarento, ao contrário, era generoso, sobretudo com ela.

— Se me acontecer alguma coisa, você ficará amparada.

E, de fato, é preciso se proteger contra a necessidade. Mas do resto, do que não é a necessidade mais simples, como se proteger? Era isso que de vez em quando ela sentia, de modo confuso. Enquanto isso, ajudava Marcel com a contabilidade e, às vezes, substituía-o na loja. O mais difícil era no verão, quando o calor massacrava até a doce sensação do tédio.

De repente, justamente em pleno verão, a guerra, Marcel mobilizado e depois na reserva, a falta de tecidos, os negócios parados, as ruas desertas e quentes. Agora, se acontecesse alguma coisa, ela já não estaria amparada. Era por isso que, desde o reaparecimento de tecidos no mercado, Marcel havia planejado percorrer as aldeias dos planaltos e do sul, dispensando intermediários e vendendo diretamente aos mercadores árabes. Havia desejado levá-la consigo. Ela sabia que as estradas eram difíceis, respirava mal, teria preferido esperá-lo. Mas ele era obstinado, e ela aceitara porque seria preciso energia demais para recusar. Lá estavam agora e, na verdade, nada se parecia com o que havia imaginado. Ela receara o calor, os enxames de moscas, os hotéis sórdidos, cheirando a anis. Não havia pensado no frio, no vento cortante, nesses planaltos quase polares, entulhados de fragmentos de rochas. Sonhara também com palmeiras e areia macia. Via agora que o deserto não era isso, mas apenas pedra, pedra por toda parte, no céu, onde também reinava, rangente e fria, somente a poeira de pedra, assim como no solo, onde crescia apenas grama seca entre as pedras.

O ônibus parou bruscamente. O motorista gritou, de modo a ser ouvido por todos, algumas palavras na língua que ela ouvira a vida toda, sem nunca compreendê-la.

— O que foi? — perguntou Marcel.

O motorista, desta vez em francês, disse que a areia devia ter entupido o carburador, e Marcel amaldiçoou mais uma vez a região. O motorista riu com vontade, e garantiu que não era nada, que ia desentupir o carburador e que em seguida iriam embora. Abriu a porta, o vento frio invadiu o ônibus, crivando-lhes o rosto com mil grãos de areia. Os árabes mergulharam o nariz nos albornozes e se encolheram.

— Feche a porta — urrou Marcel.

O motorista ria, ao voltar para a porta. Calmamente, pegou algumas ferramentas debaixo do painel e depois, minúsculo na bruma, desapareceu de novo em direção à dianteira do ônibus, sem fechar a porta. Marcel suspirava.

— Pode estar certa de que ele nunca viu um motor em toda a sua vida.

— Deixe! — disse Janine.

De repente, teve um sobressalto. Sobre a elevação bem junto ao ônibus, formas encobertas se mantinham imóveis. Sob o capuz do albornoz, e atrás de uma muralha de véus, só os olhos eram visíveis. Mudos, vindo não se sabe de onde, olhavam para os viajantes.

— São pastores — disse Marcel.

No interior do veículo, o silêncio era total. Todos os passageiros, de cabeça baixa, pareciam escutar a voz do vento, que se libertara sobre os planaltos intermináveis. Janine ficou subitamente impressionada com a ausência quase total de bagagens. No terminal ferroviário, o motorista tinha içado seu baú e alguns pacotes sobre o teto. No interior do ônibus, nas redes, viam-se apenas bastões nodosos e cestas achatadas. Aparentemente, toda essa gente do sul viajava de mãos vazias.

Mas o motorista já voltava, sempre alerta. Apenas os olhos riam por cima dos véus com que ele também escondera o rosto. Anunciou a partida. Fechou a porta, o vento se calou e ouviu-se melhor a chuva de areia nas vidraças. O motor tossiu, depois morreu. Longamente solicitado pela ignição, finalmente pegou e o motorista o fez gritar sob os golpes do acelerador. Num grande soluço, o ônibus tornou a partir. Da massa esfarrapada de pastores, sempre imóveis, elevou-se uma mão, que depois desmaiou na bruma, atrás deles. Quase que imediatamente, o veículo começou a saltar sobre a estrada, que se tornara pior. Sacudidos, os árabes oscilavam sem parar. Janine, entretanto, sentia o sono dominá-la, quando viu surgir à sua frente uma caixinha amarela, cheia de balas. O soldado-chacal lhe sorria. Ela hesitou, serviu-se e agradeceu. O chacal guardou a caixa e engoliu rapidamente seu sorriso. Passou a fitar a estrada, olhando para a frente. Janine se voltou para Marcel e viu apenas sua nuca sólida. Pelo vidro, ele olhava a bruma mais densa que emanava dos montes de terra arenosa.

Havia horas que rodavam, e o cansaço extinguira qualquer vida no veículo quando soaram gritos do lado de fora. Crianças metidas em albornozes, girando sobre si mesmas como piões, pulando, batendo palmas, corriam em volta do ônibus. Este passava agora numa rua margeada de casas baixas; entrava-se no oásis. O vento continuava a soprar, mas os muros detinham as partículas de areia que já não obscureciam a luz. No entanto, o céu continuava encoberto. Em meio aos gritos, com um grande ruído de freios, o ônibus parou diante das arcadas de adobe de um hotel de vidraças sujas. Janine desceu, e, na rua, sentiu-se vacilante. Acima das casas, distinguia um minarete amarelo e gracioso. À esquerda, já podia ver a silhueta das primeiras palmeiras do oásis, e sentiu vontade de ir ao seu encontro. Mas, embora fosse quase meio-dia, o frio era forte, o vento a fez estremecer. Voltou-se para Marcel e viu primeiro o soldado que caminhava ao seu encontro. Ela esperava seu sorriso ou seu cumprimento. Ele passou por ela sem olhá-la, e desapareceu. Marcel, por sua vez, estava ocupado com o baú de tecidos, uma arca preta empoleirada no teto do ônibus. Não seria fácil fazê-la descer. O motorista, que era o único a cuidar das bagagens, detinha-se, trepado no teto, para discorrer diante do círculo de albornozes reunidos em volta do ônibus. Janine, cercada de rostos que pareciam talhados em osso e couro, assediada por gritos guturais, sentiu um súbito cansaço.

— Vou subir — disse a Marcel, que interpelava o motorista com impaciência.

Entrou no hotel. O proprietário, um francês magro e taciturno, aproximou-se dela. Conduziu-a ao primeiro andar, sobre uma galeria que dominava a rua, até um quarto onde parecia haver apenas uma cama de ferro, uma cadeira pintada de branco, um lugar para pendurar roupas sem cortinas e, atrás de um biombo de cana-da-índia, um lavatório cuja pia estava coberta por uma fina poeira de areia. Quando o proprietário fechou a porta, Janine sentiu o frio que vinha das paredes nuas e caiadas de branco. Não sabia onde colocar a bolsa, onde se colocar a si própria. Era preciso deitar-se ou ficar de pé, e em ambos os casos tremer. Continuava de pé, com a bolsa na mão, fitando uma espécie de seteira aberta para o céu, junto ao teto. Esperava, mas não sabia o quê. Sentia apenas a sua solidão, o frio que a penetrava e um peso maior no lugar do coração. Na verdade, estava sonhando, quase surda aos ruídos que chegavam da rua com o vozerio de Marcel, mais consciente, ao contrário, do rumor de rio que vinha da seteira e que o vento fazia nascer nas palmeiras, que lhe pareciam agora tão próximas. Depois, o vento pareceu redobrar, o suave ruído de águas tornou-se um sibilar de ondas. Ela imaginava, por trás das paredes, um mar de palmeiras retas e flexíveis, balançando na tempestade. Nada se parecia com o que havia esperado, mas essas ondas invisíveis refrescavam seus olhos cansados. Mantinha-se de pé, pesada, os braços caídos, um pouco curvada, o frio lhe subia pelas pernas cansadas. Sonhava com palmeiras retas e flexíveis, e com a jovem que fora um dia.

Depois de se arrumarem, desceram para a sala de jantar. Nas paredes nuas, haviam pintado camelos e palmeiras, afogados numa geleia rosa e violeta. As janelas em arco deixavam entrar uma luz parcimoniosa. Marcel se informava sobre os comerciantes junto ao dono do hotel. Em seguida, foram servidos por um velho árabe, que usava uma condecoração militar sobre a túnica. Marcel estava preocupado e despedaçava seu pão. Impediu sua mulher de beber água.

— Não é fervida. Tome vinho.

Ela não gostava, o vinho lhe pesava. Além do que, havia porco no cardápio.

— O Corão proíbe. Mas o Corão não sabia que o porco bem cozido não provoca doenças. Nós sim, sabemos cozinhar. Em que está pensando?

Janine não pensava em nada, ou talvez nessa vitória dos cozinheiros sobre os profetas. Mas devia apressar-se. Iam partir no dia seguinte pela manhã, ainda mais para o sul: era preciso encontrar, à tarde, todos os comerciantes importantes. Marcel apressou o velho árabe para que trouxesse o café. Ele concordou com um movimento de cabeça, sem sorrir, e retirou-se num passinho miúdo.

— Devagar pela manhã, não muito rápido à noite — disse Marcel, rindo.

O café, no entanto, acabou chegando. Mal tiveram tempo de engoli-lo e saíram para a rua poeirenta e fria. Marcel chamou um jovem árabe para ajudá-lo a carregar o baú, mas, por princípio, discutiu o pagamento. Sua opinião, que transmitia a Janine uma vez mais, limitava-se na verdade ao princípio obscuro de que eles sempre exigiam o dobro para que se lhes desse um quarto. Janine, pouco à vontade, seguia os dois carregadores. Havia posto uma roupa de lã debaixo do casacão, gostaria de ocupar menos lugar. O porco, embora bem cozido, e o pouco de vinho que bebera também lhe pesavam no estômago.

Passavam por um pequeno jardim público, plantado com árvores empoeiradas. Cruzavam com árabes que se desviavam sem parecer vê-los, recolhendo diante de si os panos de seus albornozes. Ela achava que tinham, mesmo quando usavam trapos, um ar de orgulho que faltava aos árabes de sua cidade. Janine seguia o baú, que, através da multidão, lhe abria caminho. Passaram pela porta de um muro de terra ocre, chegaram a uma pequena praça plantada com as mesmas árvores minerais e margeada ao fundo, em sua extremidade mais larga, por arcadas e lojas. Mas pararam na própria praça, diante de uma pequena construção em forma de obus, caiada de azul. No interior, no único cômodo iluminado apenas pela porta de entrada, atrás de uma tábua de madeira reluzente, estava um velho árabe de bigodes brancos. Servia o chá, levantando e abaixando o bule acima de três pequenos copos multicoloridos. Antes que pudessem distinguir qualquer outra coisa na penumbra da loja, o cheiro refrescante de chá de menta acolheu Marcel e Janine na soleira. Mal transpuseram a entrada, o obstáculo das guirlandas cheias de bules de estanho, xícaras e bandejas misturadas a um emaranhado de cartões-postais, Marcel se viu encostado no balcão. Janine ficou na entrada. Afastou-se um pouco para não interceptar a luz. Nesse momento distinguiu na penumbra, atrás do velho comerciante, dois árabes que os olhavam sorrindo, sentados sobre os sacos inchados que forravam completamente o fundo da loja. Tapetes vermelhos e negros, lenços bordados pendiam das paredes, o chão estava repleto de sacos e de pequenas arcas cheias de grãos aromáticos. No balcão, em torno de uma balança com pratos de cobre reluzentes e de uma velha fita métrica apagada, alinhavam-se pães doces dos quais um, desembrulhado de seu invólucro azul de papel grosso, estava comido na parte superior. O cheiro de lã e de especiarias que flutuava no recinto surgiu por detrás do perfume de chá, quando o velho comerciante colocou o bule sobre o balcão e disse bom-dia.

Marcel falava com precipitação, com a voz grave que assumia para tratar de negócios. Depois abria o baú, mostrava os tecidos e os lenços, empurrava a balança e a fita métrica para espalhar sua mercadoria diante do velho. Irritava-se, elevava o tom de voz, ria de maneira desordenada, parecia uma mulher que quer agradar e não se sente segura de si. Com as mãos abertas, começou a fazer a mímica de compra e venda. O velho sacudiu a cabeça, passou a bandeja de chá para os dois árabes que estavam atrás dele e disse apenas algumas palavras que pareceram desanimar Marcel. Este retomou seus tecidos, empilhou-os no baú, e depois enxugou na testa um suor improvável. Chamou o pequeno carregador e tornaram a partir em direção às arcadas.

Na primeira loja, embora o comerciante tivesse a princípio assumido o mesmo ar olímpico, tiveram um pouco mais de sorte.

— Eles acham que são Deus — disse Marcel —, mas também vendem! A vida é dura para todos.

Janine o seguia sem responder. O vento havia quase parado. O céu aparecia em alguns pontos. Uma luz fria, brilhante, descia dos buracos azuis que surgiam nas nuvens densas. Já haviam deixado a praça. Caminhavam por pequenas ruas, beirando paredes de terra acima das quais pendiam as rosas miúdas de dezembro ou, de quando em quando, uma romã, seca e bichada. Um perfume de poeira e de café, a fumaça de uma fogueira de cascas, o cheiro da pedra e de carneiro flutuavam no bairro. As lojas, cavadas nos muros, eram distantes umas das outras; Janine sentia suas pernas se tornarem pesadas. Mas o marido se acalmava pouco a pouco, começava a vender, tornando-se também mais conciliador; chamava Janine de "pequena", a viagem não seria inútil.

— É natural — disse Janine —, é melhor entender-se diretamente com eles.

Voltaram por uma outra rua, em direção ao centro. A tarde estava adiantada, o céu agora quase descoberto. Pararam na praça. Marcel esfregava as mãos, contemplava o baú diante deles com um ar terno.

— Olhe — disse Janine.

Do outro extremo da praça vinha um árabe alto, magro, vigoroso, coberto por um albornoz azul-celeste, calçando botas amarelas macias, com luvas nas mãos, e que trazia levantado o rosto aquilino e bronzeado. Só o véu que usava como turbante permitia distingui-lo dos funcionários franceses do Ministério do Interior que Janine às vezes admirara. Avançava compassadamente na direção deles, mas parecia olhar para além do grupo, descalçando lentamente uma das luvas.

— Pois bem — disse Marcel, dando de ombros —, este é um que se julga general.

Sim, todos aqui tinham um ar de orgulho, mas aquele realmente exagerava. Enquanto o espaço vazio da praça os cercava, ele avançava diretamente para o baú, sem vê-lo, sem vê-los. Logo a distância que os separava diminuiu rapidamente e o árabe chegou perto deles, quando Marcel, num ímpeto, pegou a alça do baú e puxou-o para trás. O outro passou, parecendo nada notar, e dirigiu-se com o mesmo passo para as muralhas. Janine olhou para o marido: ele estava com seu ar desconcertado.

— Acham que tudo lhes é permitido agora — disse.

Janine não respondeu. Detestava a estúpida arrogância desse árabe e sentia-se subitamente infeliz. Queria partir, pensava no seu pequeno apartamento. A ideia de voltar para o hotel, para aquele quarto gélido, a desanimava. Lembrou-se de repente que o proprietário a aconselhara a subir até o terraço do forte, de onde se via o deserto. Falou sobre isso com Marcel, e disse-lhe que podiam deixar o baú no hotel. Mas ele estava cansado, queria dormir um pouco antes do jantar.

— Por favor — disse Janine.

Ele olhou para ela, subitamente atento.

— Claro, minha querida — disse.

Ela esperava por ele diante do hotel, na rua. A multidão vestida de branco tornava-se cada vez mais numerosa. Não se via uma única mulher e parecia a Janine que ela nunca vira tantos homens. No entanto, nenhum deles a olhava. Alguns, sem parecer vê-la, voltavam lentamente para ela uma face magra e curtida que, aos seus olhos, tornava-os todos parecidos, o rosto do soldado francês no ônibus, o do árabe das luvas, um rosto ao mesmo tempo esperto e orgulhoso. Voltavam-se para a estrangeira, não a viam e, em seguida, ligeiros e silenciosos, passavam por ela cujos tornozelos inchavam. E seu mal-estar, sua necessidade de partir aumentavam.

— Por que vim?

Mas Marcel já estava descendo novamente.

Quando subiram a escadaria do forte, eram cinco horas da tarde. O vento cessara por completo. O céu, totalmente descoberto, estava agora de um azul-anil. O frio, que se tornara mais seco, fazia arder suas bochechas. No meio da escada, um velho árabe, encostado no muro, perguntou-lhes se desejavam um guia, mas sem se mexer, como se tivesse de antemão certeza da recusa. A escadaria era longa e íngreme, apesar de alguns patamares de terra batida. À medida que subiam, o espaço aumentava e a luz se tornava cada vez mais vasta, fria e seca, em que cada ruído do oásis chegava até eles com uma nítida pureza. O ar iluminado parecia vibrar à volta deles, com uma vibração cada vez mais longa à medida que prosseguiam, como se a sua passagem fizesse nascer sobre o cristal da luz uma onda sonora que ia se ampliando. E no momento em que, ao chegarem no terraço, seu olhar se perdeu para além do palmeiral, no horizonte imenso, pareceu a Janine que no céu inteiro ressoava uma única nota sonora e breve, cujos ecos, pouco a pouco, preenchiam o espaço acima dela, calando-se em seguida para deixá-la silenciosa diante da imensidão sem limites.

De leste a oeste, seu olhar se deslocava lentamente, sem encontrar um único obstáculo, ao longo de uma curva perfeita. Lá embaixo, os terraços azuis e brancos da cidade árabe se superpunham, ensanguentados pelas manchas vermelho-escuro dos pimentões que secavam ao sol. Não se via ninguém, mas, dos pátios internos, chegavam, com a fumaça cheirosa de café torrado, vozes risonhas ou passos incompreensíveis. Um pouco adiante, o palmeiral, dividido em quadrados desiguais pelos muros de barro, sussurrava sob o efeito do vento que já não se sentia no terraço. Mais longe ainda, e até o horizonte, começava, ocre e cinzento, o reino das pedras, em que não aparecia nenhuma vida. A apenas uma pequena distância do oásis, perto do curso d'água que, a oeste, margeava o palmeiral, divisavam-se grandes tendas negras. Em volta, um rebanho de dromedários imóveis, minúsculos naquela distância, formava sobre o chão cinzento os sinais escuros de uma estranha escrita, cujo sentido era preciso decodificar. Acima do deserto, o silêncio era vasto como o espaço.

Janine, com o corpo todo apoiado no parapeito, continuava sem voz, incapaz de se afastar do vazio que se abria diante dela. A seu lado, Marcel se agitava. Sentia frio, queria descer. Que havia aqui para se ver afinal? Mas ela não conseguia desviar o olhar do horizonte. Lá embaixo, ainda mais para o sul, no lugar em que o céu e a terra se uniam numa linha pura, lá embaixo pareceu-lhe subitamente que alguma coisa até então desconhecida e que no entanto sempre lhe fizera falta estava à sua espera. Na tarde que evoluía, a luz se distendia suavemente; de cristalina, tornava-se líquida. Ao mesmo tempo, no coração de uma mulher que apenas o acaso levara até ali, desfazia-se lentamente um nó que os anos, o hábito e o tédio haviam atado. Ela olhava para o acampamento dos nômades. Nem mesmo tinha visto os homens que viviam lá, nada se via entrar as tendas negras e, no entanto, ela só conseguia pensar neles, cuja existência mal conhecera até esse dia. Sem casas, isolados do mundo, eram um punhado a vagar pelo vasto território que ela descobria com o olhar, e que no entanto era apenas uma parte irrisória de um espaço ainda maior, cuja fuga vertiginosa só terminava milhares de quilômetros mais ao sul, lá onde o primeiro rio fecunda finalmente a floresta. Desde sempre, sobre a terra seca, raspada até o osso, desse país desmedido, alguns homens caminhavam sem trégua, sem nada possuir mas sem servir a ninguém, senhores miseráveis e livres de um estranho reino. Janine não sabia por que essa ideia a enchia de uma tristeza tão suave e tão vasta que lhe fechava os olhos. Sabia apenas que esse reino, desde sempre, lhe fora prometido, e que nunca, porém, seria seu, nunca mais, a não ser talvez nesse instante fugidio em que reabriu os olhos sobre o céu subitamente imóvel, e sobre as ondas de luz imobilizada, enquanto as vozes que vinham da cidade árabe se calavam bruscamente. Pareceu-lhe que o curso do mundo acabara de parar e que, a partir desse instante, ninguém mais envelheceria nem morreria. Em todos os lugares, de agora em diante, a vida estava suspensa, a não ser no seu coração onde, nesse mesmo momento, alguém chorava de tristeza e de deslumbramento.

Mas a luz se pôs em movimento, o sol, nítido e sem calor, desceu rumo ao oeste que se tornava róseo, enquanto uma onda cinzenta se formava a leste, prestes a desfraldar-se lentamente sobre a imensidão. Um primeiro cão uivou, e seu grito longínquo se elevou no ar, que se tornara ainda mais frio. Janine se deu conta então de que seus dentes batiam.

— Vamos morrer — disse Marcel —, você é uma idiota. Vamos voltar.

Mas, desajeitadamente, pegou-lhe a mão. Dócil agora, ela se afastou do parapeito e o seguiu. O velho árabe da escada, imóvel, olhou-os, enquanto desciam em direção à cidade. Ela andava sem ver ninguém, curvada sob um imenso e brusco cansaço, arrastando seu corpo cujo peso lhe parecia agora insuportável. Sua exaltação a havia abandonado. No momento, sentia-se grande demais, espessa demais, branca demais também para esse mundo onde acabava de entrar. Uma criança, a moça, o homem seco, o chacal furtivo eram as únicas criaturas que podiam pisar silenciosamente essa terra. Que faria ela ali, de agora em diante, senão arrastar-se até o sono, até a morte?

Arrastou-se, de fato, até o restaurante, diante de um marido subitamente taciturno, ou que falava de seu próprio cansaço, enquanto ela lutava debilmente contra um resfriado do qual já sentia subir a febre. Arrastou-se até a cama, onde Marcel se juntou a ela e logo apagou a luz sem nada lhe perguntar. O quarto estava gelado. Janine sentia o frio dominá-la, ao mesmo tempo em que a febre subia. Respirava mal, o sangue pulsava sem aquecê-la; uma espécie de medo crescia dentro dela. Ela se virava, a cama de ferro rangia sob o seu peso. Não, não queria ficar doente. O marido já estava dormindo, ela também devia dormir, era preciso. Os ruídos abafados da cidade chegavam-lhe pela seteira. Os velhos toca-discos dos cafés mouros entoavam melodias anasaladas que ela reconhecia vagamente e que eram trazidas por um rumor de multidão lenta. Era preciso dormir. Mas ela contava tendas negras; por trás de suas pálpebras pastavam camelos imóveis; imensas solidões davam voltas dentro dela. Sim, por que viera? Adormeceu com essa pergunta.

Acordou um pouco mais tarde. O silêncio à sua volta era total. Mas, nos limites da cidade, cães enlouquecidos uivavam na noite muda. Janine teve um arrepio. Virou--se novamente sobre si mesma, sentiu o ombro duro do marido de encontro ao seu e, de repente, semiadormecida, aconchegou-se contra ele. Ficava à deriva no sono sem nele penetrar, agarrava-se a esse ombro com uma avidez inconsciente, como ao mais seguro dos portos. Falava, mas sua boca não emitia nenhum som. Falava, mas mal ouvia a si própria. Só sentia o calor de Marcel. Havia mais de 20 anos, todas as noites, assim, no seu calor, sempre os dois, mesmo doentes, mesmo em viagem, como agora... Aliás, o que teria ela feito sozinha em casa? Nenhum filho! Não era isso que lhe faltava? Ela não sabia. Acompanhava Marcel, eis tudo, contente em sentir que alguém precisava dela. Ele não lhe dava outra alegria a não ser a de se saber necessária. Certamente não a amava. O amor, mesmo cheio de ódio, não tem esse rosto descontente. Mas qual é o rosto do amor? Amavam-se no meio da noite, sem se verem, tateando. Existiria outro amor que não o das trevas, um amor que gritasse em plena luz do dia? Não sabia, mas sabia que Marcel precisava dela, e que ela precisava desse precisar, que vivia disso noite e dia, sobretudo à noite, todas as noites, quando ele não queria ficar só, nem envelhecer, nem morrer, com o ar teimoso que assumia e que ela às vezes reconhecia no rosto de outros homens, a única semelhança entre esses loucos que se escondem sob os disfarces da razão, até que o delírio se apodere deles atirando-os desesperadamente na direção de um corpo de mulher onde enterram, sem desejo, o que a solidão e a noite lhes mostram de terrível.

Marcel mexeu-se um pouco como para se afastar dela. Não, ele não a amava, simplesmente tinha medo do que não era ela, e deveriam ter se separado há muito tempo para dormirem sós até o fim. Mas quem consegue dormir sempre sozinho? Alguns homens, que a vocação ou a infelicidade afastaram dos outros, o fazem, e dormem então todas as noites no mesmo leito que a morte. Marcel por sua vez não poderia fazê-lo nunca, sobretudo ele, criança fraca e de-sarmada, que o sofrimento sempre desorientava, seu filho, justamente, que precisava dela e que, nesse mesmo instante, soltou uma espécie de gemido. Ela se aproximou um pouco mais dele, colocou a mão no seu peito. E, para si mesma, chamou-o pelo nome carinhoso que lhe dava outrora e que ainda, uma vez ou outra, empregavam entre si, mas já sem pensar no que diziam.

Ela o chamou com o coração. Afinal, precisava também dele, de sua força, de suas pequenas manias, também ela tinha medo de morrer.

— Se eu superasse esse medo, seria feliz...

Logo uma angústia sem nome invadiu-a. Desvencilhou--se de Marcel. Não, ela não superava nada, não era feliz, ia morrer, na verdade, sem se ter libertado. Seu coração doía, ela sufocava sob um imenso peso que de repente descobriu arrastar há vinte anos, e sob o qual se debatia agora com todas as forças. Queria libertar-se, mesmo que Marcel ou os outros jamais o conseguissem! Desperta, ergueu-se na cama e aguçou o ouvido a um chamado que lhe pareceu bem próximo. Mas, dos extremos da noite, só lhe chegavam as vozes extenuadas e incansáveis dos cães do oásis. Um vento fraco se erguera, e ela ouvia seu leve rumor no palmeiral. Vinha do sul, lá onde o deserto e a noite se confundiam agora sob o céu novamente fixo, lá onde a vida parava, onde ninguém mais envelhecia ou morria. Então, as águas do vento emudeceram, e ela nem mesmo teve certeza de ter ouvido algo, a não ser um chamado mudo que podia escolher escutar ou não, mas cujo significado jamais conheceria se não o atendesse naquele instante. Sim, naquele instante — isso ao menos era certo!

Levantou-se suavemente e ficou imóvel, junto à cama, atenta à respiração do marido. Marcel dormia. O calor da cama logo a deixou, e o frio se apossou dela. Vestiu-se lentamente, procurando as roupas às cegas na luz fraca que chegava dos lampiões da rua através das persianas. Segurando os sapatos, foi até a porta. Esperou ainda mais um pouco no escuro e depois abriu a porta cuidadosamente. O trinco rangeu, ela se imobilizou. Seu coração batia loucamente. Aguçou o ouvido e, tranquilizada pelo silêncio, girou um pouco mais a maçaneta. Esse movimento de rotação lhe pareceu interminável. Abriu finalmente, deslizou para fora e tornou a fechar a porta com as mesmas precauções. Então, com o rosto colado na madeira, esperou. Depois de alguns instantes ouviu, longínqua, a respiração de Marcel. Virou-se, recebeu no rosto o ar gelado da noite e correu através da galeria. A porta do hotel estava fechada. Enquanto ela manobrava o trinco, o vigia noturno surgiu no topo da escada, o rosto difuso e falou-lhe em árabe.

— Volto logo — disse Janine, e lançou-se na noite.

Do céu negro desciam guirlandas de estrelas sobre as palmeiras e as casas. Ela corria pela avenida curta, agora deserta, que conduzia ao forte. O frio, que não precisava mais lutar contra o sol, invadira a noite; o ar gélido lhe queimava os pulmões. Mas ela corria, meio cega, na escuridão. No topo da avenida, no entanto, apareceram luzes, que depois desceram em sua direção, ziguezagueando. Ela parou, ouviu um ruído de asas de insetos e, por trás das luzes que cresciam, viu afinal enormes albornozes sob os quais reluziam frágeis rodas de bicicletas. Os albornozes roçaram nela; três faróis vermelhos surgiram no escuro às suas costas, desaparecendo em seguida. Retomou sua corrida em direção ao forte. No meio da escada, a queimadura do ar em seus pulmões tornou-se tão cortante que quis parar. Um último ímpeto atirou-a no terraço, de encontro ao parapeito que agora lhe comprimia a barriga. Estava ofegante, e tudo se confundia diante de seus olhos. A corrida não a aquecera, seu corpo todo ainda tremia. Mas o ar frio que engolia aos soluços logo fluiu regularmente dentro dela, um calor tímido começou a nascer em meio aos arrepios. Seus olhos se abriram afinal sobre os espaços da noite.

Nenhum sopro, nenhum ruído, a não ser, às vezes, o crepitar abafado das pedras que o frio reduzia a areia, vinha perturbar a solidão e o silêncio que cercavam Janine. Momentos depois, no entanto, pareceu-lhe que uma espécie de gravidade giratória atraía o céu acima dela. Na densidão da noite seca e fria, milhares de estrelas se formavam sem trégua e seus cristais reluzentes logo se desligavam delas para deslizar insensivelmente em direção ao horizonte. Janine não conseguia sair da contemplação desses fogos à deriva. Girava com eles, e o mesmo caminhar imóvel unia-a pouco a pouco ao seu ser mais profundo, onde o frio e o desejo agora digladiavam. Diante dela, as estrelas caíam uma a uma, depois extinguiam-se entre as pedras do deserto, e a cada vez Janine abria-se um pouco mais para a noite. Respirava, esquecia o frio, o peso dos seres, a vida demente ou imobilizada, a longa angústia de viver e morrer. Depois de tantos anos durante os quais, fugindo do medo, correra loucamente sem objetivo, finalmente se detinha. Ao mesmo tempo parecia que encontrara suas raízes, a seiva tornava a subir por seu corpo que já não tremia. Encostada com toda a força de encontro ao parapeito, estendida em direção ao céu em movimento, esperava apenas que seu coração ainda transtornado também se acalmasse e que o silêncio se fizesse dentro dela. As últimas estrelas das constelações deixaram cair seus cachos um pouco mais abaixo no horizonte do deserto, e se imobilizaram. Então, com uma suavidade insuportável, a água da noite começou a encher Janine, submergindo o frio, elevando-se pouco a pouco do centro obscuro de seu ser para transbordar em ondas ininterruptas até sua boca cheia de gemidos. No instante seguinte, todo o céu se estendia acima dela, cobrindo a terra fria.

Quando Janine voltou, com as mesmas precauções, Marcel não estava acordado. Mas resmungou quando ela se deitou e, segundos depois, ergueu-se bruscamente. Começou a falar e ela não compreendeu o que dizia. Levantou-se, acendeu a luz que a esbofeteou em pleno rosto. Caminhou vacilando até a pia e bebeu longamente da garrafa de água mineral que estava ali. Ia deslizar sob os lençóis quando, com um joelho sobre a cama, olhou para ela, sem compreender. Ela chorava, copiosamente, sem conseguir controlar-se.

— Não é nada, querido — dizia —, não é nada.

O RENEGADO OU UM ESPÍRITO CONFUSO

Que confusão, que confusão! É preciso colocar ordem na minha cabeça. Desde que cortaram minha língua, uma outra língua, sei lá, funciona sem parar no meu crânio, alguma coisa fala, ou alguém, que de repente se cala para recomeçar tudo outra vez, ah ouço coisas demais que no entanto não digo, que confusão, e, se abro a boca, é como um ruído de pedrinhas remexidas. Ordem, uma ordem, diz a língua, e fala de outra coisa ao mesmo tempo, sim sempre desejei a ordem. Pelo menos, uma coisa é certa, espero o missionário que deve vir me substituir. Estou aqui na trilha, a uma hora de Taghâza, escondido num monte de rochedos, sentado sobre o velho fuzil. O dia nasce sobre o deserto, faz frio demais ainda, logo fará calor demais, esta terra enlouquece e eu, há tantos anos que até já perdi a conta... Não, mais um esforço! O missionário deve chegar esta manhã, ou esta noite. Ouvi dizer que ele viria com um guia, pode ser que tenham apenas um camelo para os dois. Vou esperar, estou esperando, o frio, só o frio me faz tremer. Continue a esperar, escravo imundo!

Faz tanto tempo que espero. Quando estava em casa, nos altos planaltos do Maciço Central, meu pai grosseiro, minha mãe bruta, todos os dias o vinho, a sopa com toucinho, principalmente o vinho, ácido e frio, e o longo inverno, o escárnio gelado, a vegetação repugnante, ah! eu queria partir, deixá-los de uma vez por todas e começar finalmente a viver, no sol, com a água clara. Acreditei no pároco, ele me falava no seminário, cuidava de mim todos os dias, tinha tempo para isso naquela região protestante onde tinha que se esconder ao atravessar a aldeia. Falava-me de um futuro e de sol, o catolicismo é o sol, dizia, e me fazia ler, fez o latim entrar na minha cabeça dura: "Inteligente, esse garoto, mas é uma mula", tão duro o meu crânio, aliás, que durante minha vida toda, apesar de todos os tombos, nunca sangrou: "Cabeça de vaca", dizia meu pai, aquele porco.

No seminário, todos se orgulhavam, recrutar alguém de uma região protestante era uma vitória, viram-me chegar como o sol de Austerlitz. Branquelo o sol, é bem verdade, por causa do álcool, bebiam vinho azedo e os filhos têm os dentes cariados, ah! ah! matar o pai, eis o que seria preciso, mas não há perigo de ele se atirar na missão, pois está morto há muito tempo, o vinho ácido acabou esburacando-lhe o estômago, então, só resta matar o missionário.

Tenho contas a acertar com ele e com seus mestres, com meus mestres que me enganaram, com a suja Europa, todo o mundo me enganou. A missão, só tinham essa palavra na boca, ir aos selvagens e dizer-lhes: "Eis o meu Senhor, olhai-o, ele nunca bate nem mata, comanda com voz suave, oferece a outra face, é o maior dos senhores, escolhei-o, vede como me tornou melhor, ofendei-me e tereis a prova." Sim, acreditei ah! ah! e me sentia melhor, havia engordado, era quase belo, queria ofensas. Quando caminhávamos em fileiras cerradas e negras, no verão, sob o sol de Grenoble, e cruzávamos com moças de vestidos leves, eu não desviava os olhos, desprezava-as, esperava que me ofendessem e às vezes elas riam. Eu pensava, então: que me batam e me escarrem no rosto, mas o seu riso, na verdade, era a mesma coisa, afiado com dentes e pontas que me dilaceravam, a ofensa e o sofrimento eram suaves! Meu diretor não compreendia quando eu me desanimava: "mas não, você tem muito de bom aí dentro!" Muito de bom! Havia em mim vinho azedo, era só isso, e era melhor assim, como se tornar melhor se não se é mau, eu o compreendera em tudo que me ensinavam. Só compreendera mesmo isso, uma única ideia e jumento inteligente ia até o final, ia além das penitências, era mesquinho com o ordinário, enfim desejava ser um exemplo, eu também, para que me vissem, e ao me verem prestassem homenagem àquele que me havia tornado melhor, através de mim saudai o meu Senhor.

Sol selvagem! ele nasce, o deserto muda, não há mais a cor de cíclame das montanhas, ah minha montanha, e a neve, a neve macia e mole, não, é um amarelo um pouco cinza, a hora ingrata antes do grande deslumbramento. Nada, nada ainda até o horizonte, diante de mim, lá embaixo onde o planalto desaparece num círculo de cores ainda suaves. Atrás de mim, a trilha sobe até a duna que esconde Taghâza cujo nome de ferro pulsa na minha cabeça há tantos anos. O primeiro a me falar dela foi o velho padre quase cego que depois de aposentado vivia no convento, mas porque o primeiro, foi o único, e eu não, não foram a cidade de sal ou as paredes brancas no sol tórrido que me impressionaram no seu relato, e sim a crueldade dos habitantes selvagens, a cidade fechada a todos os estrangeiros, um único dos que haviam tentado entrar lá, segundo ele, um único pudera contar o que tinha visto. Haviam-no chicoteado e enxotado para o deserto depois de colocar sal em suas chagas e em sua boca, ele encontrara alguns nômades que finalmente tiveram compaixão, uma sorte, e eu, desde então, sonhava com o seu relato, com o fogo do sal e do céu, com a casa do ídolo e seus escravos, não se podia encontrar algo mais bárbaro, mais excitante, sim, aquela era a minha missão, e eu devia mostrar-lhes o meu Senhor.

Fizeram-me discursos sobre isso no seminário para me desanimar e que era preciso esperar, não era uma região de missões, eu não estava maduro, devia preparar-me de modo especial, saber quem eu era, e mais, era preciso me testar, depois veriam! Esperar sempre ah, não, sim, se quisessem, para a preparação especial e as provas, já que eram feitas em Argel e me aproximavam, mas quanto ao resto sacudia minha cabeça dura e repetia a mesma coisa, juntar-me aos mais bárbaros e viver a sua vida, mostrar-lhes em suas próprias casas, e até mesmo na casa do ídolo, por exemplo, que a verdade do meu Senhor era a mais forte. Eles me ofenderiam certamente, mas as ofensas não me assustavam, eram necessárias à demonstração, e segundo a maneira pela qual eu as suportaria, subjugaria esses selvagens, como um sol poderoso. Sim, poderoso, era a palavra que eu repetia sem parar, sonhava com o poder absoluto, aquele que obriga a cair de joelhos, que força o adversário a se render, que enfim o converte, e quanto mais cego, mais cruel, mais seguro de si é o adversário, envolto em sua convicção, mais sua confissão proclama a realeza daquele que provocou sua derrota. Converter pessoas boas um pouco perdidas era o ideal miserável de nossos padres, eu os desprezava por poderem tanto e ousarem tão pouco, não tinham fé e eu a tinha, queria ser reconhecido pelos próprios carrascos, atirá-los de joelhos e obrigá-los a dizer: "Senhor, eis a tua vitória", reinar afinal unicamente pela palavra sobre um exército de maus. Ah! Estava certo de raciocinar bem sobre isso, nunca muito seguro de mim em outros assuntos, mas quando tenho uma ideia, não a largo mais, é a minha força, sim, minha própria força da qual todos tinham piedade!

O sol subiu mais, minha testa começa a queimar. As pedras à minha volta crepitam surdamente, apenas o cano do fuzil está fresco, fresco como os prados, como a chuva da tarde, outrora, quando a sopa cozinhava devagar, eles me esperavam, meu pai e minha mãe, às vezes sorriam para mim, talvez eu os amasse. Mas acabou, um véu de calor começa a erguer-se da trilha, venha, missionário, eu espero, sei agora que é preciso responder à mensagem, meus novos mestres me deram a lição, e sei que estão certos, é preciso acertar as contas com o amor. Quando fugi do seminário, em Argel, eu os imaginava de outra forma, esses bárbaros, uma única coisa era verdadeira nos meus devaneios, eles são maus. Eu havia roubado a caixa do econômo, deixara a batina, atravessara o Atlas, os planaltos e o deserto, o motorista da Transaariana ria de mim: "Não vá lá embaixo", ele também, que tinham todos eles, e as ondas de areia durante centenas de quilômetros, desordenadas, avançando e depois recuando sob o vento, e de novo a montanha, toda de picos negros, com arestas cortantes como ferro, e depois dela foi preciso um guia para ir até o mar de pedrinhas castanhas, interminável, urrando de calor, ardente em suas mil saliências de fogo, até este lugar, na fronteira da terra dos negros e da região branca, onde se ergue a cidade de sal. E o dinheiro que o guia me roubou, ingênuo sempre ingênuo eu lhe havia mostrado o dinheiro, mas ele me deixou na trilha, justamente por aqui, depois de me ter batido: "Cachorro, eis a estrada, tenho honra, vá, vá para lá, eles vão lhe ensinar", e eles me ensinaram, ah sim, são como o sol que nunca, só à noite, para de fustigar, com brilho e orgulho, que me fustiga com força nesse momento, com força demais, com golpes de lanças ardentes surgidas de repente do chão, ah colocar-me a salvo, a salvo, sob o grande rochedo, antes que tudo se confunda.

A sombra aqui é boa. Como se pode viver na cidade de sal, no fundo desse recôncavo cheio de calor branco? Sobre cada um dos muros retos, talhados a golpes de picareta, grosseiramente aplainados os entalhes deixados pela picareta se transformam em escamas ofuscantes, a areia dourada e esparsa os torna um pouco amarelados, a não ser quando o vento limpa os muros retos e os terraços, tudo resplandece então numa brancura fulgurante, sob o céu igualmente lavado até sua casca azul. Estava ficando cego, num daqueles dias em que o incêndio imóvel crepitava durante horas na superfície dos terraços brancos, que pareciam juntar-se todos como se, algum dia, houvessem atacado juntos uma montanha de sal, tivessem-na aplainado primeiro, para depois, logo em seguida, abrir as ruas, o interior das casas, as janelas, ou como se, sim, fica melhor, tivessem talhado seu inferno branco e ardente com um maçarico de água fervendo, só para mostrar que poderiam morar lá onde ninguém jamais conseguiria, a trinta dias de qualquer outra vida, naquele vão no meio do deserto, onde o calor do dia claro proíbe qualquer contato entre os seres, ergue entre eles grades de chamas invisíveis e cristais ardentes, onde sem transição o frio da noite os imobiliza um a um em suas conchas de pedras preciosas, habitantes noturnos de um iceberg seco, esquimós negros tiritando de repente em seus iglus cúbicos. Negros sim, pois vestem-se com longos tecidos negros e o sal que invade até as unhas que se rumina amargamente no sono polar das noites, o sal que se bebe na água que chega à única fonte no vão de um entalhe brilhante, deixa às vezes em suas roupas escuras traços semelhantes aos rastros dos caracóis depois da chuva.

A chuva, ó Senhor, uma única chuva verdadeira, longa, dura, a chuva do teu céu! Então finalmente a cidade horrível, corroída pouco a pouco, desabaria lenta, irresistivelmente, e totalmente derretida numa torrente viscosa levaria para as areias seus habitantes ferozes. Uma única chuva, Senhor! Mas que nada, que senhor, são eles os senhores! Reinam sobre suas casas estéreis, sobre os escravos negros que matam nas minas, e cada lâmina de sal recortada vale um homem nas regiões do sul, eles passam, silenciosos, cobertos com seus véus de luto, na brancura mineral das ruas e, quando chega a noite, a cidade inteira parece um fantasma leitoso, eles entram, curvando-se, na sombra das casas onde as paredes de sal brilham fracamente. Dormem um sono sem peso e desde o despertar comandam, batem, dizem que são um único povo, que seu deus é o verdadeiro, que é preciso obedecer. São os meus Senhores, desconhecem a piedade e, como senhores, querem ficar sós, avançar sós, reinar sós, porque sozinhos tiveram a audácia de construir no sal e nas areias uma fria cidade tórrida. E eu...

Que confusão quando o calor aumenta, eu transpiro, eles nunca, agora a sombra também se aquece, sinto o sol sobre a pedra acima de mim, ele bate, bate como um martelo sobre todas as pedras e é a música, a vasta música de meio-dia, vibração de ar e de pedras sobre centenas de quilômetros ah como antigamente ouço o silêncio. Sim, era o mesmo silêncio, há muitos anos, que me acolheu quando os guardas me levaram a eles, no sol, no meio da praça, de onde pouco a pouco os terraços concêntricos se elevavam em direção à tampa de céu azul forte que repousava sobre as bordas do recôncavo. Eu estava lá, de joelhos no fundo desse escudo branco, os olhos roídos pelas espadas de sal e de fogo que saíam de todas as paredes, pálido de cansaço, a orelha sangrando da pancada que o guia me dera e eles, grandes, negros, olhavam-me sem nada dizer. O dia estava na sua metade. Sob os golpes do sol de ferro, o céu ressoava longamente, chapa de ferro aquecida até tornar-se branca, era o mesmo silêncio e eles me olhavam, o tempo passava, não paravam mais de me olhar, e eu não conseguia sustentar seu olhar, estava cada vez mais ofegante, afinal chorei, e de repente deram-me as costas em silêncio e partiram todos juntos na mesma direção. De joelhos, eu via apenas, nas sandálias vermelhas e negras, os pés reluzentes de sal levantarem a longa roupa escura, a ponta um pouco levantada, o calcanhar batendo levemente no chão, e quando a praça ficou vazia, arrastaram-me até a casa do ídolo.

De cócoras, como hoje à sombra do rochedo, e o fogo acima da minha cabeça atravessando a espessura da pedra, fiquei vários dias na escuridão da casa do ídolo, um pouco mais alta que as outras, cercada por uma muralha de sal, mas sem janelas, dominada por uma noite cintilante. Vários dias, e davam-me uma cuia de água salobre e um cereal que jogavam diante de mim como se faz com as galinhas, eu o recolhia. De dia, a porta permanecia fechada e no entanto a sombra se tornava mais leve, como se o sol irresistível conseguisse escorrer através das massas de sal. Nenhuma lâmpada, mas ao andar às cegas ao longo das paredes, eu tocava em guirlandas de palmas secas que ornavam as paredes e, ao fundo, uma portinhola, grosseiramente talhada, cujo trinco eu reconhecia com a ponta dos dedos. Vários dias, muito tempo depois, não conseguia contar os dias nem as horas, mas haviam atirado meu punhado de grãos uma dezena de vezes e eu cavara um buraco para meus excrementos que eu recobria em vão, o cheiro de covil estava sempre no ar, muito tempo depois, sim, a porta se abriu e eles entraram.

Um deles veio em direção a mim, agachado num canto. Sentia na minha face o fogo do sal, respirava o cheiro poeirento das palmas, via-os se aproximando. Ele parou a um metro de mim, fitou-me em silêncio, a um sinal me levantei, fitava-me com uns olhos de metal que brilhavam, inexpressivos, no rosto moreno de cavalo, depois ergueu a mão. Sempre impassível, pegou-me pelo lábio inferior que torceu lentamente, até arrancar-me a carne e, sem descerrar os dedos, fez-me girar sobre mim mesmo, recuar até o centro do cômodo, puxou meu lábio para que eu caísse de joelhos, ali, perdido, a boca sangrando, depois virou-se para juntar-se aos outros, enfileirados ao longo das paredes. Olhavam-me gemer no calor insuportável do dia sem uma sombra que entrava pela porta toda aberta, e nessa luz surgiu o feiticeiro de cabelos de ráfia, peito coberto por uma couraça de contas, as pernas nuas sob uma saia de palha, com uma máscara de junco e arame em que haviam sido feitas duas aberturas quadradas para os olhos. Era seguido por músicos e mulheres, com pesados vestidos pintados de várias cores que nada deixavam adivinhar de seus corpos. Dançaram diante da porta dos fundos, mas era uma dança grosseira quase sem ritmo, remexiam-se, eis tudo, e afinal o feiticeiro abriu a portinhola atrás de mim, os mestres não se moviam, olhavam-me, virei-me e vi o ídolo, sua cabeça dupla de machado, seu nariz de ferro retorcido como uma serpente.

Levaram-me até ele, junto ao pedestal, fizeram-me beber uma água preta, amarga, amarga e logo minha cabeça se pôs a queimar, eu ria, eis a ofensa, estou ofendido. Despiram-me, rasparam-me a cabeça e o corpo, lavaram-me com óleo, bateram-me no rosto com cordas mergulhadas em água e sal, e eu ria e desviava a cabeça, mas todas as vezes duas mulheres me pegavam pelas orelhas e apresentavam meu rosto aos golpes do feiticeiro de quem eu só via os olhos quadrados, eu continuava a rir, coberto de sangue. Eles pararam, ninguém falava, senão eu, a confusão já começava na minha cabeça, depois me ergueram e forçaram-me a levantar os olhos para o ídolo, eu já não ria. Sabia que agora estava destinado a servi-lo, adorá-lo, não, não ria mais, o medo e a dor me sufocavam. E ali, naquela casa branca, entre as paredes que o sol queimava lá fora com afinco, o rosto tenso, a memória esgotada, sim, tentei rezar para o ídolo, só havia ele, e até mesmo seu rosto horrível era menos horrível que o resto do mundo. Foi então que amarraram meus tornozelos com uma corda que deixava livre o comprimento de meus passos, dançaram novamente, mas desta vez diante do ídolo, um por um os mestres saíram.

A porta fechada atrás deles, música de novo, e o feiticeiro acendeu uma fogueira de cascas em torno da qual sapateava, sua grande sombra se quebrava nos cantos das paredes brancas, palpitava nas superfícies planas, enchia o recinto de sombras dançantes. Traçou um retângulo num canto para onde as mulheres me arrastaram, eu sentia suas mãos secas e macias, colocaram perto de mim uma tigela de água e um montinho de grãos e me mostraram o ídolo, compreendi que devia conservar os olhos fixos nele. Então, o feiticeiro as chamou, uma a uma, para junto do fogo, bateu em algumas que gemiam, e que em seguida foram prostrar-se diante do ídolo meu deus, enquanto o feiticeiro continuava a dançar e ele as fez sair todas do recinto até que restasse apenas uma, muito jovem, agachada junto aos músicos e que ainda não havia apanhado. Segurava-a por uma trança que ele torcia cada vez mais em volta do punho, ela se desequilibrava, os olhos saltados, até cair enfim de costas. Largando-a, o feiticeiro gritou, os músicos se voltaram para a parede, enquanto por trás da máscara de olhos quadrados o grito crescia até o impossível, e a mulher rolava pelo chão numa espécie de crise e, por fim de quatro, com a cabeça escondida nos braços juntos, gritou também, mas surdamente, e foi assim que, sem parar de urrar e de olhar o ídolo, o feiticeiro a possuiu rapidamente, com maldade, sem que se pudesse ver o rosto da mulher, agora envolto nas pesadas dobras do vestido. E eu, por excesso de solidão, perdido, gritei também, sim urrei de espanto para o ídolo até que um pontapé me atirasse contra a parede, mordendo o sal, como hoje mordo o rochedo, com minha boca sem língua, esperando aquele que devo matar.

Agora, o sol ultrapassou um pouco o meio do céu. Entre as fendas do rochedo, vejo o buraco que ele faz no metal superaquecido do céu, boca volúvel como a minha, e que vomita sem parar rios de chamas sobre o deserto sem cor. Sobre a trilha à minha frente, nada, nem uma poeira no horizonte, atrás de mim eles devem estar à minha procura, não, ainda não, era somente no fim da tarde que abriam a porta e eu podia sair um pouco, depois de ter passado o dia todo limpando a casa do ídolo, renovando as oferendas e, à noite, começava a cerimônia em que às vezes me batiam, outras não, mas eu sempre servia o ídolo, o ídolo cuja imagem tenho gravada a ferro na memória e agora na esperança. Nunca um deus me possuiu nem escravizou tanto, toda a minha vida dias e noites lhe eram consagrados, e a dor e a ausência de dor, não seria alegria, lhe eram devidas e até mesmo, sim, o desejo, de tanto assistir, quase todos os dias, àquele ato impessoal e mau que eu ouvia sem ver, já que devia agora olhar a parede sob pena de ser surrado. Mas o rosto colado no sal, dominado pelas sombras bestiais que se agitavam sobre a parede, eu ouvia o longo grito, minha garganta estava seca, um desejo ardente sem sexo me apertava as têmporas e o ventre. Os dias sucediam assim aos dias, eu mal os distinguia uns dos outros, como se eles se liquefizessem no calor tórrido e na reverberação sorrateira das paredes de sal, o tempo nada mais era que um marulhar sem forma onde vinham estourar apenas, com intervalos regulares, gritos de dor ou de possessão, longo dia sem idade em que o ídolo reinava como esse sol feroz sobre minha casa de rochedos, e agora como então, choro de infelicidade e desejo, uma esperança má me queima, desejo trair, lambo o cano do meu fuzil e sua alma no interior, sua alma, só os fuzis têm alma, ah! sim, no dia em que cortaram minha língua, aprendi a adorar a alma imortal do ódio!

Que confusão, que furor, ah, ah, bêbado de calor e de raiva, prostrado, deitado sobre meu fuzil. Quem está ofegando aqui? Não consigo suportar este calor que não acaba mais, esta espera, é preciso que eu o mate. Nenhum pássaro, nenhuma grama, a pedra, um desejo árido, o silêncio, seus gritos, essa língua que fala dentro de mim e, desde que me mutilaram, o longo sofrimento tedioso e deserto privado até mesmo da água da noite, a noite com a qual eu sonhava, trancado com o deus, no meu covil de sal. Só a noite, com suas estrelas frescas e suas fontes obscuras, podia me salvar, subtrair-me enfim aos deuses maus dos homens, mas sempre trancado, eu não podia contemplá-la. Se o outro demorar muito, eu a verei pelo menos erguer-se do deserto e invadir o céu, fria vinha de ouro pendente do zênite obscuro e da qual poderei beber à vontade, umedecer esse buraco negro e ressecado que nenhum músculo de carne vivo e macio refresca mais, esquecer finalmente esse dia em que a loucura me pegou pela língua.

Como fazia calor, calor, o sal derretia, pelo menos eu achava que sim, o ar me corroía os olhos, e o feiticeiro entrou sem máscara. Quase nua sob um farrapo acinzentado, uma nova mulher o seguia cujo rosto, coberto com uma tatuagem que lhe dava a feição do ídolo, nada exprimia além de um espanto mau. A única coisa viva era seu corpo esguio e liso que se prostrou aos pés do deus quando o feiticeiro abriu a porta do reduto. Depois ele saiu sem me olhar, o calor aumentava, eu não me movia, o ídolo me contemplava por cima daquele corpo imóvel, mas cujos músculos se remexiam suavemente e o rosto de ídolo da mulher não mudou quando me aproximei. Só seus olhos se dilataram ao me fixar, meus pés tocavam os seus, o calor se pôs então a urrar, e o ídolo, sem nada dizer, sempre me olhando com os olhos dilatados, deitou-se pouco a pouco de costas, puxou lentamente as pernas para si, e ergueu-as afastando suavemente os joelhos. Mas, logo em seguida, ah o feiticeiro me vigiava, entraram todos e me arrancaram da mulher, espancaram-me terrivelmente no lugar do pecado, o pecado! que pecado, começo a rir, onde está ele, onde a virtude, imprensaram-me contra uma parede, uma mão de aço apertou minhas mandíbulas, outra abriu minha boca, puxou minha língua até sangrar, seria eu urrando com esse grito de animal, uma carícia cortante e fresca, sim fresca afinal, passou sobre a minha língua. Quando recuperei os sentidos, estava sozinho na noite, junto à parede, coberto de sangue coagulado, uma mordaça de ervas secas de cheiro estranho enchia-me a boca, ela não sangrava mais, mas estava desabitada e nessa ausência vivia apenas uma dor torturante. Quis me levantar, tornei a cair, feliz, desesperadamente feliz de morrer enfim, a morte também é fresca e sua sombra não abriga nenhum deus.

Não estou morto, um ódio jovem se pôs de pé um dia, ao mesmo tempo que eu, caminhou para a porta dos fundos, abriu-a, fechou-a atrás de mim, eu odiava os meus, o ídolo estava lá e, do fundo do buraco em que me encontrava, fiz mais que rezar para ele, acreditei nele e neguei tudo em que acreditara até então. Salve, ele era a força e o poder, podiam destruí-lo, mas não convertê-lo, ele olhava por cima da minha cabeça com seus olhos vazios e enferrujados. Salve, ele era o mestre, o único senhor, cujo atributo indiscutível era a maldade, não há mestres bons. Pela primeira vez, à custa de tantas injúrias, com o corpo inteiro gritando uma única dor, eu me entreguei a ele e aprovei a sua ordem malfeitora, adorei nele o princípio mau do mundo. Prisioneiro de seu reinado, a cidade estéril esculpida numa montanha de sal, separada da natureza, privada dos florescimentos fugidios e raros do deserto, subtraída aos acasos ou às ternuras, uma nuvem insólita, uma chuva furiosa e breve, que até mesmo o sol ou as areias conhecem, a cidade da ordem enfim, ângulos retos, quartos quadrados, homens rígidos, fiz de mim livremente seu cidadão torturado e cheio de ódio, reneguei a longa história que me haviam ensinado. Haviam me enganado, só o reino da maldade não tinha fissuras, haviam me enganado, a verdade é quadrada, pesada, densa, ela não suporta a sutileza, o bem é um devaneio, um projeto sempre adiado e perseguido com um esforço extenuante, um limite que nunca se atinge, seu reinado é impossível. Só o mal pode ir até os seus limites e reinar de modo absoluto, é a ele que se deve servir para instalar o seu reinado visível, em seguida decidiremos, afinal o que isso quer dizer, só o mal está presente, abaixo a Europa, a razão, a honra e a cruz. Sim, eu devia me converter à religião de meus mestres, sim sim eu era escravo, mas sim eu também sou mau eu não sou mais escravo, apesar de meus pés amarrados e de minha boca muda. Ah! esse calor me enlouquece, o deserto grita em toda parte sob a luz intolerável, e ele, o outro, o Senhor da suavidade, cujo nome já me repugna, eu o renego, pois agora o conheço. Ele sonhava e queria mentir, cortaram-lhe a língua para que sua palavra não venha mais enganar o mundo, enfiaram-lhe pregos até na cabeça, sua pobre cabeça, como a minha agora, que confusão, como estou cansado, e a terra não tremeu, tenho certeza, não foi um justo que mataram, recuso-me a acreditar, não há justos e sim mestres maus que fazem reinar a verdade implacável. Sim, só o ídolo tem poder, é o deus único desse mundo, o ódio é seu mandamento, a origem de toda a vida, a água fresca, fresca como a menta que gela a boca e queima o estômago.

Então eu mudei, eles compreenderam, beijava-lhes as mãos quando os encontrava, era um deles, admirando-os sem cansaço, confiava neles, esperava que mutilassem os meus como me haviam mutilado. E quando descobri que o missionário ia chegar, soube o que devia fazer. Esse dia igual aos outros, o mesmo dia ofuscante que continuava há tanto tempo! No fim da tarde, viu-se surgir um guarda, correndo no alto do recôncavo, e, instantes depois, eu era arrastado até a casa do ídolo e a porta era fechada. Um deles me mantinha no chão, na escuridão, sob a ameaça de seu sabre em forma de cruz, e o silêncio durou muito tempo até que um ruído desconhecido enchesse a cidade normalmente tranquila, vozes que custei muito a reconhecer porque falavam a minha língua, mas logo que ressoaram a ponta da lâmina se abaixou sobre os meus olhos, meu guarda me fitava em silêncio. Duas vozes se aproximaram e ainda então as ouço, uma perguntando por que essa casa estava vigiada, se devia arrombar a porta, meu tenente, a outra dizia: "Não", com voz rápida, e depois de alguns instantes acrescentava que se concluíra um acordo, que a cidade aceitava uma tropa de vinte homens sob a condição de acamparem fora dos limites e respeitarem os costumes. O soldado riu eles se rendem mas o oficial não sabia, de qualquer forma pela primeira vez aceitavam receber alguém para tratar das crianças e seria o capelão, depois cuidariam do território. O outro disse que cortariam aquilo do capelão se os soldados não estivessem lá: "Oh, não, respondeu o oficial, mesmo porque o Padre Beffort vai chegar antes da tropa, estará aqui dentro de dois dias." Eu não ouvia mais nada, imóvel, aterrorizado sob a lâmina, sentia dor, uma roda de agulhas e de facas girava dentro de mim. Estavam loucos, eram loucos, deixavam tocar na cidade, no seu poder invencível, no verdadeiro deus, e o outro, o que ia chegar, não lhe cortariam a língua, ele ostentaria sua bondade insolente sem nada pagar, sem sofrer ofensas. O reino do mal seria retardado, haveria mais dúvida, novamente perder-se-ia tempo sonhando com o bem impossível, esgotando-se em esforços estéreis em lugar de apressar a vinda do único reino possível e eu olhava para a lâmina que me ameaçava, ó potência única que reina sobre o mundo! Ó potência, e a cidade se esvaziava pouco a pouco de seus ruídos, afinal a porta se abriu, fiquei só, queimado, amargo, com o ídolo, e jurei-lhe salvar minha nova fé, meus verdadeiros mestres, meu Deus déspota, trair, custasse o que custasse.

Ah, o calor cede um pouco, a pedra não vibra mais, posso sair do meu buraco, ver as cores amarelo e ocre, e logo malva, cobrirem uma a uma o deserto. Nessa noite, esperei que dormissem, havia bloqueado a fechadura da porta, saí com o mesmo passo de sempre, medido pela corda, conhecia as ruas, sabia onde pegar o velho fuzil, qual a saída que não estava sendo vigiada, e cheguei aqui na hora em que a noite se descolore em torno de um punhado de estrelas enquanto o deserto escurece um pouco. E agora, parece-me que há dias e dias estou agachado nestes rochedos. Rápido, rápido, ah, que ele venha rápido! Daqui a instantes, vão começar a me procurar, voarão sobre as trilhas de todos os lados, não saberão que parti por eles e para melhor servi-los, minhas pernas estão fracas bêbado de fome e de ódio. Ô ô, lá embaixo, ah ah no final da trilha crescem dois camelos, já ultrapassados por sombras curtas, correm com esse andar vivo e sonhador que têm sempre. Ei-los enfim, ei-los!

O fuzil, rápido, eu o armo rápido. Ó ídolo, meu deus lá de baixo, que tua potência seja agora mantida, que a ofensa seja multiplicada, que o ódio reine sem perdão sobre um mundo de condenados, que o mau seja para sempre o mestre, que o reino chegue afinal a uma cidade de sal e de ferro onde tiranos negros dominarão e possuirão sem piedade! E agora, ah ah fogo sobre a piedade, fogo sobre a impotência e a sua caridade, fogo sobre tudo que retarde a chegada do mal, fogo duas vezes, e ei-los que se desequilibram, caem, e os camelos fogem direto para o horizonte, onde um gêiser de pássaros negros acabam de se elevar no céu inalterado. Eu rio, rio, ele se retorce na batina detestada, ergue um pouco a cabeça, me vê, eu o seu senhor amarrado todo-poderoso, porque me sorri, esmago esse sorriso! Como é bom o ruído da coronha sobre o rosto da bondade, hoje, hoje afinal, tudo está consumado e por toda a parte no deserto, até a horas daqui, os chacais farejam o vento ausente, depois põem-se em marcha, num pequeno trote paciente, em direção ao banquete de carniça que os aguarda. Vitória! estendo os braços em direção ao céu que se enternece, uma sombra violeta se adivinha na borda oposta, ó noites de Europa, pátria, infância, por que preciso chorar no momento do triunfo?

Ele se mexeu, não, o ruído vem de outro lugar, e lá do outro lado são eles, ei-los que acorrem como um voo de pássaros escuros, meus senhores, que avançam sobre mim, me agarram, ah! ah! sim, batam, eles temem sua cidade estripada e urrante, temem os soldados vingadores que chamei, é o que era preciso, na cidade sagrada. Defendam--se agora, batam, batam em mim primeiro, estão com a verdade! Ó meus senhores, eles vencerão em seguida os soldados, vencerão a palavra e o amor, atravessarão os desertos, cruzarão os mares, encherão a luz da Europa com seus véus negros, batam no ventre, sim batam os olhos, semearão seu sal sobre o continente, toda vegetação, toda juventude se apagará, e multidões silenciosas com pés amarrados caminharão a meu lado no deserto do mundo sob o sol cruel da verdadeira fé, não estarei mais só. Ah! o mal, o mal que me fazem, seu furor é bom e sobre essa sela de guerra onde eles agora me esquartejam, piedade, eu rio, gosto desse golpe que me crucifica.

Como o deserto é silencioso! Já é noite e estou só, tenho sede. Esperar mais, onde está a cidade, esses ruídos ao longe, e os soldados talvez vencedores, não pode ser, mesmo que os soldados sejam vencedores, não são maus o bastante, não saberão reinar, dirão sempre que é preciso se tornar melhor, e milhões de homens continuarão sempre entre o mal e o bem, dilacerados, desorientados, ó ídolo, por que me abandonaste? Tudo acabou, tenho sede, meu corpo queima, a noite obscura me enche os olhos.

Esse longo esse longo sonho, acordo, mas não, vou morrer, a aurora nasce, a primeira luz do dia para outros seres vivos, e para mim o sol inexorável, as moscas. Quem fala, ninguém, o céu não se entreabre, não, não, Deus não fala no deserto, no entanto de onde vem essa voz que diz: "Se consentires em morrer pelo ódio e pela potência, quem nos perdoará?" Será uma outra língua dentro de mim ou esse que continua aqui, a meus pés, que não quer morrer e repete: "Coragem, coragem, coragem"? Ah! se eu tivesse me enganado novamente! Homens outrora fraternais, único recurso, ó solidão, não me abandone! Eis, eis quem és, dilacerado, a boca sangrando, és tu, feiticeiro, os soldados te venceram, o sal arde lá embaixo, és tu meu mestre bem-amado! Deixa esse rosto de ódio, sê bom agora, nós nos enganamos, vamos recomeçar, vamos refazer a cidade de misericórdia, quero voltar para casa. Sim, ajuda-me, é isso, estende a mão, dá...

Um punhado de sal enche a boca do escravo tagarela.

Os mudos

Estávamos em pleno inverno e no entanto um dia luminoso erguia-se sobre a cidade já ativa. Na extremidade do píer, o mar e o céu se confundiam num mesmo brilho. Yvars, porém, não os via. Seguia pesadamente ao longo das avenidas que dominam o porto. Sobre o pedal fixo da bicicleta, sua perna doente repousava imóvel, enquanto a outra se esforçava por vencer os paralelepípedos ainda molhados pela umidade noturna. Sem levantar a cabeça, pequenino sobre o selim, evitava os trilhos do velho bonde, desviava-se com um golpe brusco do guidom para deixar passar os automóveis que ultrapassavam e, de vez em quando, empurrava para as costas, com o cotovelo, a marmita em que Fernande colocara seu almoço. Pensava então com amargura no seu conteúdo. Entre as duas fatias de pão, no lugar da omelete à espanhola de que gostava, ou do bife frito no óleo, havia apenas queijo.

Nunca o caminho da oficina lhe parecera tão longo. Estava envelhecendo, também. Aos 40 anos, se bem que continuasse seco como um graveto, os músculos não se aquecem com a mesma rapidez. Às vezes ao ler as crônicas esportivas em que chamavam de veterano um atleta de trinta anos, dava de ombros.

Se é veterano, dizia a Fernande, eu, então, já estou de pés juntos.

No entanto, sabia que o jornalista não estava totalmente enganado. Aos trinta, o fôlego já diminui, imperceptivelmente. Aos quarenta, não estamos de pés juntos, não, mas já nos preparamos para isso, de longe, com um pouco de antecedência. Não seria por isso que ele há muito tempo já não olhava para o mar, durante o trajeto que levava para o outro extremo da cidade, onde se achava a tanoaria? Quando tinha vinte anos, não se cansava de contemplá-lo; ele lhe prometia um fim de semana feliz, na praia. Apesar de mancar, ou até mesmo por isso, sempre gostara de nadar. Depois os anos haviam passado, houve Fernande, o nascimento do menino, e, para sobreviver, as horas extras, na oficina aos sábados, aos domingos na casa de particulares onde fazia biscates. Pouco a pouco perdera o hábito daqueles dias violentos que o acalmavam. A água profunda e clara, o sol forte, as garotas, a vida do corpo, não havia outra felicidade na região. E essa felicidade passava com a juventude. Yvars continuava a gostar do mar, mas só no fim do dia quando as águas da baía escureciam um pouco. Era uma hora suave no terraço de sua casa onde se sentava depois do trabalho, contente com a camisa limpa que Fernande sabia passar tão bem, e com o copo de licor de anis embaçado. A noite caía, uma breve suavidade se instalava no céu, os vizinhos que falavam com Yvars baixavam subitamente a voz. Ele não sabia então se estava feliz, ou se tinha vontade de chorar. Pelo menos, nesses momentos ficava em paz, não havia nada a fazer senão esperar, tranquilamente, sem saber bem o quê.

Nas manhãs em que voltava para o trabalho, pelo contrário, não gostava mais de olhar para o mar, sempre ali, mas que ele só tornaria a ver à tarde. Naquela manhã, passava de cabeça baixa, mais pesadamente ainda do que de costume, o coração também estava pesado. Quando voltara da reunião, na noite anterior, e anunciara a retomada do trabalho, Fernande dissera radiante:

— Então, o patrão lhes deu um aumento?

O patrão não ia aumentar absolutamente nada, a greve fracassara. Não haviam manobrado bem, era preciso reconhecê-lo. Uma greve de raiva, à qual o sindicato tivera razão em aderir sem muita força. Aliás, uns quinze operários não era grande coisa; o sindicato levara em conta as outras tanoarias que não haviam aderido. Não se podia ficar aborrecido demais com eles. A tanoaria, ameaçada pela construção de navios e de caminhões-pipa, não ia bem. Faziam-se cada vez menos barris; consertavam-se sobretudo os grandes tonéis já existentes. Os patrões viam seus negócios comprometidos, é bem verdade, mas queriam assim mesmo preservar uma margem de lucro; ainda parecia-lhes mais simples congelar os salários, apesar da alta dos preços. Que podem fazer os tanoeiros quando a tanoaria desaparece? Não se muda de ofício quando se fez o esforço de aprendê-lo; esse era difícil, exigia um longo aprendizado. O bom tanoeiro, aquele que ajusta as aduelas curvas, que as aperta com fogo e com o aro de ferro, de maneira quase hermética, sem usar ráfia ou estopa, era raro. Yvars sabia disso e se orgulhava. Mudar de ofício não é nada, mas renunciar ao que se sabe, à sua própria maestria, não é fácil. Um belo ofício sem emprego, não havia saída, era preciso resignar-se. Mas a resignação também não é fácil. Era difícil ficar de boca fechada, não poder discutir de verdade e retomar o mesmo caminho, todas as manhãs, com um cansaço que se acumula, para receber, no final da semana, apenas o que eles acham que devem dar, e que é cada vez menos suficiente.

Então haviam ficado com raiva. Dois ou três hesitavam, mas a raiva também os dominou logo após as primeiras discussões com o patrão. De fato, este declarara, secamente, que era pegar ou largar. Um homem não fala assim.

— Que é que ele está pensando! — dissera Esposito. — Que vamos abaixar as calças?

O patrão não era mau sujeito, aliás. Sucedera ao pai, nascera na oficina e há anos conhecia quase todos os operários. Convidava-os às vezes para fazer um lanche na oficina; grelhavam sardinhas ou linguiça no fogo de aparas de madeira e, com a ajuda do vinho, era realmente muito gentil. No Ano-Novo, dava sempre cinco garrafas de vinho fino a cada um dos operários, e muitas vezes, quando havia um doente entre eles ou simplesmente um acontecimento, casamento ou comunhão dava-lhes um presente em dinheiro. Quando sua filha nasceu, houve balas para todos. Por duas ou três vezes, havia convidado Yvars para caçar em sua propriedade do litoral. Sem dúvida gostava de seus operários, e lembrava muitas vezes que seu pai começara como aprendiz. Mas nunca fora à casa deles, não tinha noção. Só pensava em si, porque só conhecia a si próprio, e agora era pegar ou largar. Em outras palavras, obstinara-se por sua vez. Mas ele podia dar-se a esse luxo.

Haviam pressionado o sindicato, a oficina fechara as portas.

— Não se preocupem com piquetes de greve — dissera o patrão. — Quando a oficina não funciona, faço economia.

Não era verdade, mas isso não resolvera as coisas, pois ele lhes dizia na cara que os fazia trabalhar por caridade. Esposito ficou louco de raiva e disse-lhe que ele não era homem. O outro tinha o sangue quente e foi preciso apartá-los. Mas, ao mesmo tempo, os operários ficaram impressionados. Vinte dias de greve, as mulheres tristes em casa, dois ou três desanimados e, para terminar, o sindicato aconselhara-os a ceder, sob a promessa de mediação e de compensação dos dias de greve com horas extras. Decidiram retomar o trabalho, teimosos, na verdade, dizendo que isso não ficaria assim, que iam ver. Mas nessa manhã, um cansaço que se assemelhava ao peso da derrota, o queijo em vez de carne, e a ilusão já não era possível. O sol brilhava em vão, o mar nada mais prometia. Yvars acionava seu único pedal e, a cada volta da roda, parecia-lhe que envelhecia um pouco mais. Não conseguia pensar na oficina, nos colegas e no patrão que ia encontrar, sem que seu coração se tornasse um pouco mais pesado. Fernande se preocupara:

— Que vão dizer a ele?

— Nada.

Yvars havia montado na bicicleta, e sacudia a cabeça. Cerrava os dentes, seu pequeno rosto moreno e enrugado, de traços finos, se fechara.

— A gente trabalha. Isso basta.

Agora ele pedalava, com os dentes ainda cerrados, sentindo uma cólera triste e seca que escurecia até o próprio céu.

Deixou a avenida e o mar, embrenhando-se pelas ruas úmidas do velho bairro espanhol. Elas desembocavam numa zona ocupada apenas por galpões, depósitos de ferragens e garagens, em que se erguia a oficina: uma espécie de hangar, construído até a metade em alvenaria, depois envidraçado até o teto de zinco ondulado. Essa oficina levava à antiga tanoaria, um pátio emoldurado por velhos abrigos, que havia sido abandonado quando a empresa se ampliara e que agora nada mais era senão um depósito de máquinas usadas e de velhos trastes. Depois do pátio, separado dele por uma espécie de caminho coberto por telhas velhas, começava o jardim do patrão na extremidade do qual elevava-se a casa. Grande e feia, ela era no entanto agradável, devido à sua vinha virgem e à madressilva rala que contornava a escadaria externa.

Yvars logo viu que as portas da oficina estavam fechadas. Diante delas um grupo de operários se mantinha em silêncio. Desde que trabalhava ali, era a primeira vez que encontrava as portas fechadas ao chegar. O patrão tinha querido enfatizar a coisa. Yvars se dirigiu para a esquerda, colocou a bicicleta sob o alpendre que prolongava o hangar desse lado e caminhou em direção à porta. Reconheceu Esposito de longe, um moreno grande e cabeludo que trabalhava a seu lado, Marcou, o representante sindical, com sua cara de tenorino, Said, o único árabe da oficina, e todos os outros que, em silêncio, o olhavam aproximar-se. Mas antes que tivesse se juntado a eles, voltaram subitamente para as portas da oficina, que acabavam de se abrir. Ballester, o contramestre, aparecia no vão. Abria uma das pesadas portas e, dando as costas aos operários, empurrava-a lentamente sobre o trilho de ferro fundido.

Ballester, que era o mais velho de todos, não aprovava a greve, mas calara-se a partir do momento em que Esposito lhe dissera que ele servia aos interesses do patrão. Agora mantinha-se perto da porta, largo e curto em sua malha azul-marinho, já descalço (além de Said, era o único que trabalhava descalço), e olhava-os entrar um por um, com seus olhos tão claros que pareciam sem cor no velho rosto queimado de sol, a boca triste sob o bigode espesso e caído. Eles se calavam, humilhados por essa entrada de vencidos, furiosos com seu próprio silêncio, mas cada vez menos capazes de rompê-lo à medida que se prolongava. Passavam sem olhar para Ballester que, como sabiam, cumpria ordens ao fazê-los entrar dessa maneira, e cujo ar amargo e triste informava-os sobre o que pensava. Mas Yvars o olhou. Ballester, que gostava dele, sacudiu a cabeça sem nada dizer.

Agora, estavam todos no pequeno vestiário, à direita da entrada: compartimentos separados por tábuas de madeira clara onde havia sido pregado, de um lado e de outro, um pequeno armário fechado a chave; o último compartimento a partir da entrada, no canto, fora transformado em cabine de chuveiro, acima de uma vala de escoamento cavada no próprio chão de terra batida. No centro do hangar, via-se, de acordo com os locais de trabalho, tonéis já terminados, mas com os aros soltos, e que esperavam o maçarico, bancos grossos, sulcados por uma longa fenda (e em alguns casos fundos circulares de madeira esperando para serem aplainados), e por fim fogos apagados. Ao longo da parede à esquerda da entrada, alinhavam-se as bancadas. Diante delas amontoavam-se pilhas de aduelas a serem polidas. Encostadas na parede da direita, não muito distantes do vestiário, reluziam, fortes e silenciosas, duas grandes serras mecânicas, bem lubrificadas.

Há muito tempo o hangar se tornara grande demais para o punhado de homens que o ocupavam. Era uma vantagem durante o calor, um inconveniente no inverno. Mas hoje, nesse grande espaço, o trabalho deixado de lado, os tonéis encalhados nos cantos, com o único aro unindo os pés das aduelas que se abriam no alto, como grosseiras flores de madeira, a poeira de serragem que cobria os bancos, as caixas de ferramentas e as máquinas, tudo dava à oficina um ar de abandono. Olhavam para ela, vestidos agora com velhas camisetas, calças desbotadas e remendadas, e hesitavam. Ballester observava-os.

— Então — disse. — Vamos?

Um por um, tomaram seus lugares em silêncio. Ballester ia passando pelas bancadas e lembrava rapidamente o trabalho a ser começado ou terminado. Ninguém respondia. Logo ressoou o primeiro martelo de encontro ao pedaço de madeira que apertava o círculo de metal na parte mais grossa de um tonel, uma plaina gemeu num nó de madeira, e uma das serras, acionada por Esposito, pôs-se a funcionar com um grande ruído de lâminas quebradas. Said, quando lhe pediam, trazia aduelas, ou acendia as fogueiras de aparas sobre as quais eram colocados os tonéis para fazê-los inchar em sua cinta de lâminas de ferro. Quando ninguém o solicitava, ele ficava nas bancadas, dando grandes marteladas nos largos aros enferrujados. O cheiro das aparas de madeira queimadas começava a encher o hangar. Yvars, que aplainava e ajustava as aduelas talhadas por Esposito, reconheceu o velho perfume e seu coração se desapertou um pouco. Todos trabalhavam em silêncio, mas o calor e a vida renasciam pouco a pouco na oficina. Pelas grandes vidraças, uma luz suave enchia o hangar. A fumaça se tornava azul no ar dourado; Yvars chegou até a escutar um inseto zumbir perto dele.

Nesse momento, a porta que dava para a antiga tanoaria se abriu na parede do fundo, e o Senhor Lassalle, o patrão, deteve-se na soleira. Magro e moreno, mal passava dos trinta. Com a camisa branca aberta sob um terno de gabardine creme, parecia à vontade dentro do próprio corpo. Apesar do rosto muito ossudo, talhado a faca, geralmente inspirava simpatia, como a maioria das pessoas cujas atitudes o esporte liberou. No entanto, parecia um pouco encabulado ao atravessar a porta. O seu bom-dia foi menos sonoro do que habitualmente; de qualquer modo ninguém respondeu. O ruído dos martelos hesitou, desencontrou-se um pouco, e recomeçou com mais força. O Sr. Lassalle deu alguns passos indecisos, depois foi até o pequeno Valery, que trabalhava com eles há apenas um ano. Perto da serra mecânica, a alguns passos de Yvars, ele colocava um fundo num tonel e o patrão o observava. Valery continuava a trabalhar, sem nada dizer.

— Então, meu filho — disse o Sr. Lassalle —, tudo bem?

O rapaz tornou-se subitamente um pouco mais desajeitado em seus gestos. Lançou um olhar para Esposito que, junto dele, amontoava nos braços enormes uma pilha de aduelas para levá-las até Yvars. Esposito também olhava para ele, sempre trabalhando, e Valery voltou a meter o nariz no seu tonel sem nada responder ao patrão. Lassalle, um pouco desorientado, deixou-se ficar por um breve instante parado diante do rapaz, depois deu de ombros e virou-se para Marcou. Este, montado no seu banco, acabava de afiar, com pequenos golpes lentos e precisos, o gume de uma base.

— Bom dia, Marcou — disse Lassalle, num tom mais seco.

Marcou não respondeu, tomando cuidado para só retirar de sua madeira aparas muito finas.

— Que há com vocês? — disse Lassalle com uma voz forte virando-se, desta vez, para os outros operários. — Está bem, não chegamos a um acordo. Mas isso não muda o fato que devemos trabalhar juntos. Então, de que adianta isso?

Marcou levantou-se, ergueu a base do tonel, experimentou com a palma da mão o gume circular, semicerrou os olhos lânguidos com um ar de grande satisfação e, sempre silencioso, encaminhou-se para um outro operário que montava um tonel. Em toda a oficina, só se ouvia o ruído dos martelos e da serra metálica.

— Bom — disse Lassalle —, quando isso tiver passado, peçam para Ballester me avisar.

Com passos tranquilos, saiu da oficina.

Quase imediatamente depois, por cima do barulho da oficina, uma campainha soou duas vezes. Ballester, que acabava de se sentar para enrolar um cigarro, levantou-se pesadamente e foi até a porta dos fundos. Após sua saída, os martelos bateram com menos força; um dos operários acabara de parar quando Ballester voltou. Da porta, disse apenas:

— Marcou, Yvars, o patrão está chamando.

O primeiro impulso de Yvars foi ir lavar as mãos, mas Marcou pegou-o pelo braço e ele o seguiu mancando.

Lá fora, no pátio, a luz era tão fresca, tão líquida, que Yvars a sentiu no rosto e nos braços nus. Subiram a escadaria externa, sob a madressilva na qual já surgiam algumas flores. Quando entraram no corredor cujas paredes eram cobertas por diplomas, ouviram um choro de criança e a voz do Senhor Lassalle que dizia:

— Coloque-a na cama depois do almoço. Se não passar, chamamos o médico.

Depois o patrão apareceu no corredor e os fez entrar no pequeno escritório que já conheciam, mobiliado em falso estilo rústico, com as paredes ornadas de troféus esportivos.

— Sentem-se — disse Lassalle, tomando seu lugar atrás da mesa.

Ficaram de pé.

— Mandei chamar vocês porque você, Marcou, é o representante e você, Yvars, é meu empregado mais antigo, depois de Ballester. Não quero retomar discussões que já terminaram. Não posso, absolutamente, dar-lhes o que pedem. A questão está resolvida, chegamos à conclusão de que é preciso voltar ao trabalho. Vejo que estão com raiva de mim e isso me é penoso, estou dizendo o que sinto. Quero simplesmente acrescentar: o que não posso fazer hoje, talvez possa quando os negócios melhorarem. E se puder, eu o farei antes mesmo que me peçam. Enquanto isso, vamos tentar trabalhar em paz.

Calou-se, pareceu refletir, depois levantou os olhos para eles.

— Então? — disse.

Marcou olhava para fora. Yvars, com os dentes cerrados, queria falar, mas não conseguia.

— Ouçam — disse Lassalle —, vocês se obstinaram. Isso vai passar. Mas quando voltarem a ser razoáveis, não se esqueçam do que acabo de lhes dizer.

Levantou-se, veio na direção de Marcou e estendeu-lhe a mão.

— Tchau! — disse.

Marcou empalideceu subitamente, seu rosto de cantor romântico endureceu e, no espaço de um segundo, tornou-se mau. Em seguida girou sobre os calcanhares bruscamente e saiu. Lassalle, igualmente pálido, olhou para Yvars sem estender-lhe a mão.

— Que se danem — gritou.

Quando voltaram para a oficina, os operários estavam almoçando. Ballester tinha saído. Marcou disse apenas:

— Só promessas — e retomou seu lugar de trabalho.

Esposito parou de morder seu pão para perguntar o que haviam respondido; Yvars disse que não haviam respondido nada. Depois, foi procurar sua marmita e voltou a sentar-se no banco em que trabalhava. Estava começando a comer quando, não muito longe dele, distinguiu Said, deitado de costas num monte de aparas, com o olhar perdido na direção das vidraças azuladas pelo céu agora menos luminoso. Perguntou-lhe se já acabara. Said disse que comera figos. Yvars parou de comer. O mal-estar que não o havia deixado desde a entrevista com Lassalle desaparecia de repente para dar lugar apenas a um calor gostoso. Levantou-se partindo o pão e disse, diante da recusa de Said, que na próxima semana tudo melhoraria:

— E você que vai me convidar.

Said sorriu. Mordia um pedaço do sanduíche de Yvars, mas de leve, como um homem que não tem fome.

Esposito pegou uma panela velha e acendeu uma pequena fogueira de aparas de madeira. Esquentou o café que havia trazido numa garrafa. Disse que era um presente para a oficina oferecido pelo dono do armazém quando este soubera do fracasso da greve. Um vidro de mostarda circulou de mão em mão. A cada vez, Esposito servia o café já adoçado. Said o engoliu com mais prazer do que tivera ao comer. Esposito bebia o resto do café na própria panela, estalando os lábios e soltando impropérios. Nesse momento, Ballester entrou para anunciar a volta ao trabalho.

Enquanto eles se levantavam e recolhiam papéis e restos de comida nas marmitas, Ballester veio colocar-se no meio deles e disse de repente que era um golpe duro para todos, e para ele também, mas que isso não era razão para se comportarem como crianças e que de nada adiantava fazer cara feia. Esposito, com a panela na mão, virou-se para ele; seu rosto espesso e longo havia enrubescido na hora. Yvars sabia o que ele ia dizer, e que todos pensavam ao mesmo tempo que ele, que não estavam fazendo cara feia, que lhes haviam calado a boca, era pegar ou largar, e que a raiva e a impotência às vezes doem tanto que não se pode sequer gritar. Eram homens, eis tudo, e não iam começar a ficar sorrindo e fingindo. Mas Esposito não falou nada disso, seu rosto afinal relaxou, e ele bateu suavemente no ombro de Ballester, enquanto os outros voltavam ao trabalho. Novamente soaram os martelos, o grande hangar se encheu com o ruído familiar, com o cheiro das aparas e das roupas velhas molhadas de suor. A grande serra zumbia e cortava a madeira fresca da aduela que Esposito empurrava lentamente diante de si. No lugar do corte, jorrava uma serragem molhada que recobria com uma espécie de farinha de rosca as grossas mãos cabeludas que seguravam firmemente a madeira, de ambos os lados da lâmina que rugia. Quando a aduela estava cortada, só se ouvia o ruído do motor.

Agora Yvars sentia doer suas costas inclinadas sobre a plaina. Normalmente, o cansaço só chegava mais tarde. Perdera o treino durante essas semanas de inatividade, era evidente. Mas pensava também na idade que torna mais duro o trabalho das mãos, quando este não é meramente mecânico. Essa dor anunciava-lhe também a velhice. Lá onde os músculos atuam, o trabalho acaba sendo maldito, precede a morte e, nas noites de grandes esforços, o sono é justamente como a morte. O menino queria ser professor, tinha razão, aqueles que faziam discursos sobre o trabalho manual não sabiam do que estavam falando.

Quando Yvars se endireitou para retomar fôlego e enxotar também esses maus pensamentos, a campainha soou de novo. Ela insistia, mas de uma forma tão curiosa, com pequenas paradas e retomadas imperiosas, que os operários pararam. Ballester escutava, surpreso, depois decidiu-se e encaminhou-se lentamente para a porta. Tinha desaparecido há alguns segundos quando afinal a campainha parou de tocar. Retomaram o trabalho. De novo, a porta se abriu brutalmente, e Ballester correu para o vestiário. Saiu de lá, calçado, vestindo o paletó, disse a Yvars de passagem:

— A menina teve um ataque. Vou buscar Germain — e correu para a grande porta.

O Doutor Germain tratava do pessoal da oficina; morava na periferia. Yvars repetiu a notícia sem comentários. Estavam à sua volta e olhavam-se, encabulados. Só se ouvia o motor da serra mecânica que funcionava livremente.

— Talvez não seja nada — disse um deles.

Voltaram aos seus lugares, a oficina tornou a encher-se com os seus ruídos, mas eles trabalhavam lentamente, como se esperassem qualquer coisa.

Quinze minutos depois, Ballester tornou a entrar, tirou o paletó e, sem dizer uma palavra, saiu pela pequena porta. Nas vidraças, a luz enfraquecia. Pouco depois, nos intervalos em que a serra não cortava a madeira, ouviu-se a sirene de uma ambulância, a princípio longínqua, depois próxima, e presente, agora silenciosa. Depois de um instante, Ballester voltou e todos avançaram em sua direção. Esposito havia desligado o motor, Ballester disse que quando tirava a roupa no quarto a criança caíra no chão, como se a houvessem ceifado.

— Essa, agora! — disse Marcou.

Ballester balançou a cabeça e fez um gesto vago em direção à oficina; mas parecia transtornado. Ouviu-se novamente a sirene da ambulância. Estavam todos lá, na oficina silenciosa, sob as ondas de luz amarela derramadas pelas vidraças, com as mãos rudes inúteis penduradas e encostadas nas velhas calças cobertas de serragem.

O resto da tarde se arrastou. Yvars só sentia o seu cansaço e o coração sempre apertado. Gostaria de falar. Mas nada tinha a dizer e os outros também não. Em seus rostos taciturnos liam-se apenas tristeza e uma espécie de obstinação. Às vezes, dentro dele, formava-se a palavra desgraça, mas por pouco tempo, e logo desaparecia como uma bolha que nasce e arrebenta. Estava com vontade de voltar para casa, de reencontrar Fernande, o menino, e o terraço também. Nesse exato momento, Ballester anunciava o fim do trabalho. As máquinas pararam. Sem pressa, começaram a apagar o fogo e a arrumar seus lugares; depois, um por um, dirigiram-se ao vestiário. Said ficou por último, devia limpar o local de trabalho, e jogar uma água no chão poeirento. Quando Yvars chegou ao vestiário, Esposito, enorme e peludo, já estava no chuveiro. Estava de costas, ensaboando-se ruidosamente. Geralmente, mexiam com ele por causa de seu pudor; esse grande urso, na verdade, dissimulava obstinadamente suas partes nobres. Mas ninguém pareceu perceber isso naquele dia. Esposito saiu de costas e enrolou em volta dos quadris uma toalha em forma de canga. Era a vez dos outros e Marcou batia vigorosamente nos flancos nus quando se ouviu a grande porta deslizar lentamente com sua roda de ferro fundido. Lassalle entrou.

Estava vestido como na ocasião de sua primeira visita, mas os cabelos estavam um pouco despenteados. Deteve-se na soleira, contemplou a vasta oficina abandonada, deu alguns passos, deteve-se novamente e olhou para o vestiário. Esposito, sempre coberto com sua canga, virou-se para ele. Nu, envergonhado, balançava-se num pé e no outro. Yvars pensou que Marcou devia dizer alguma coisa. Mas Marcou se mantinha invisível atrás da chuva de água que o cercava. Esposito pegou uma camisa e estava vestindo-a quando Lassalle disse:

— Boa noite — com uma voz um pouco sem timbre, e pôs-se a caminhar em direção à pequena porta.

Quando Yvars pensou que era preciso chamá-lo, a porta já estava se fechando.

Yvars se vestiu então sem se lavar, deu boa-noite também, mas de todo coração, e eles lhe responderam com o mesmo calor. Saiu rapidamente, reencontrou sua bicicleta e, quando montou nela, a sua dor se fez sentir. Pedalava agora na tarde que terminava, através da cidade atravancada. Ia depressa, queria reencontrar a velha casa e o terraço. Ele se lavaria no tanque, antes de sentar-se e olhar o mar que já o acompanhava, mais escuro que de manhã, acima da avenida. Mas a menina também o acompanhava e ele não conseguia deixar de pensar nela.

Em casa, o menino tinha voltado da escola e estava lendo revistas. Fernande perguntou a Yvars se tudo correra bem. Ele não disse nada, lavou-se no tanque, depois sentou-se no banco, encostado na pequena parede do terraço. A roupa remendada estava pendurada acima dele, o céu se tornava transparente; além do muro, podia-se ver o suave mar da tarde. Fernande trouxe o licor de anis, dois copos, a moringa de água fresca. Tomou o lugar junto do marido. Ele lhe contou tudo, segurando-lhe a mão, como nos primeiros tempos do casamento. Quando acabou, ficou imóvel, virado para o mar onde já corria, de um extremo a outro do horizonte, o rápido crepúsculo.

— Ah, é culpa dele! — disse.

Gostaria de ser jovem, que Fernande o fosse também, e eles teriam partido, para o outro lado do mar.

O HÓSPEDE

O professor olhava os dois homens que subiam em sua direção. Um estava a cavalo, o outro a pé. Não tinham ainda começado a subir a ladeira abrupta que conduzia à escola, construída no flanco de uma colina. Com grande esforço, avançavam lentamente na neve, entre as pedras, sobre a vasta extensão do planalto deserto. De vez em quando, o cavalo se agitava visivelmente. Ainda não se podia ouvi-lo, mas via-se o jato de vapor que saía então de suas narinas. Um dos homens, pelo menos, conhecia a região. Seguiam a trilha que no entanto desaparecera há vários dias sob uma camada branca e suja. O professor calculou que só dali a uma meia hora chegariam à colina. Fazia frio; ele entrou na escola para procurar um suéter.

Atravessou a sala de aula vazia e gelada. No quadro-negro os quatro rios da França, desenhados a giz com quatro cores diferentes, corriam para os seus estuários há três dias. A neve caíra brutalmente em meados de outubro, após oito meses de seca, sem que a chuva tivesse trazido uma transição e os quase vinte alunos que moravam nas aldeias espalhadas pelo planalto não vinham mais à aula. Era preciso esperar o tempo bom. Daru só aquecia o único cômodo que constituía sua moradia, contíguo à sala de aula, e que se abria também para o planalto ao leste. Uma janela também dava para o sul, como as da sala. Desse lado, a escola ficava a alguns quilômetros do local em que o planalto começava a descer para o sul. Com tempo claro, podia-se distinguir a massa violeta do contraforte montanhoso onde se abria a porta do deserto.

Um pouco aquecido, Daru voltou para a janela de onde vira, pela primeira vez, os dois homens. Não se conseguia mais vê-los. Portanto, haviam atacado a ladeira. O céu estava menos escuro: durante a noite, a neve parara de cair. A manhã nascera sobre uma luz suja que mal se reforçara à medida que o teto de nuvens subia. Às duas horas da tarde, ter-se-ia dito que o dia apenas começava. Mas isso era melhor que aqueles três dias em que a neve espessa caía no meio de trevas intermináveis, com pequenas rajadas de vento que vinham sacudir a porta dupla da sala de aula. Daru passava então horas em seu quarto, de onde só saía para ir ao alpendre, tratar das galinhas e abastecer-se de carvão. Felizmente, a caminhonete de Tadjid, a aldeia mais próxima ao norte, trouxera os alimentos dois dias antes da tormenta. Ela voltaria em quarenta e oito horas.

Ele possuía aliás o suficiente para suportar um cerco, com os sacos de trigo que entulhavam o pequeno quarto e que a administração lhe deixava como reserva para distribuir aos alunos cujas famílias haviam sido vitimadas pela seca. Na verdade, a desgraça atingira a todos já que todos eram pobres. Todos os dias, Daru distribuía uma porção aos garotos. Ela lhes fizera falta, sabia-o bem, durante os dias difíceis. Talvez um dos pais ou dos irmãos maiores viesse esta noite, e ele poderia reabastecê-los de cereais. Era preciso esperar pela próxima colheita, eis tudo. Embarcações carregadas de trigo chegavam agora da França, o mais difícil passara. Mas não seria fácil esquecer essa miséria, esse exército de fantasmas esfarrapados vagando ao sol, os planaltos erodidos mês após mês, a terra pouco a pouco encarquilhada, literalmente esturricada, cada pedra arrebentando em poeira sob os pés. Os carneiros morriam então aos milhares, e alguns homens, aqui e ali, sem que se pudesse saber ao certo.

Diante dessa miséria, ele que vivia quase como monge nessa escola perdida, contente aliás com o pouco que tinha, e com essa vida rude, sentira-se um senhor, com suas paredes de chapisco, o sofá estreito, as prateleiras de madeira clara, o poço, e suas provisões semanais de água e de alimentos. E, de repente, essa neve, sem aviso, sem a distensão da chuva. A região era assim, cruel de se viver, mesmo sem os homens que, no entanto, não resolviam nada. Mas Daru nascera lá. Em qualquer outro lugar, sentia-se exilado.

Ele saiu e avançou sobre o terreno baldio diante da escola. Os dois homens estavam agora na metade da encosta. Reconheceu no cavaleiro Balducci, o velho policial que conhecia há tanto tempo. Balducci trazia amarrado à extremidade de uma corda um árabe que caminhava atrás dele, as mãos atadas, a cabeça baixa. O policial fez um gesto de saudação ao qual Daru não respondeu, totalmente ocupado em olhar para o árabe que trajava um *djellaba* outrora azul, os pés metidos em sandálias, mas envoltos em meias de lã grossa, a cabeça coberta por um turbante estreito e curto. Aproximavam-se. Balducci mantinha o animal em passo lento para não ferir o árabe e o grupo prosseguia lentamente.

Ao alcance da voz, Balducci gritou:

— Uma hora para percorrer os três quilômetros de El Ameur até aqui!

Daru não respondeu. Curto e quadrado no seu grosso suéter, olhava-os subir. Nem uma só vez o árabe levantara a cabeça.

— Salve — disse Daru, quando desembocaram no terreno baldio. — Entrem para se aquecer.

Balducci desmontou com dificuldade, sem soltar a corda. Sorriu para o professor sob o bigode eriçado. Os pequenos olhos escuros, muito encovados sob a testa queimada de sol, e a boca cercada de rugas lhe davam um ar atento e dedicado. Daru pegou as rédeas, conduziu o animal para o alpendre, e voltou em direção aos dois homens que agora o esperavam na escola. Fê-los penetrar em seu quarto.

— Vou aquecer a sala de aula — disse. — Lá ficaremos mais à vontade.

Quando tornou a entrar no quarto, Balducci estava no sofá. Havia desatado a corda que o ligava ao árabe e este se agachara perto do fogão. Com as mãos ainda atadas, o turbante agora empurrado para trás, ele olhava na direção da janela. A princípio Daru viu apenas seus lábios enormes, cheios, lisos, quase negroides; no entanto o nariz era reto, os olhos escuros, cheios de febre. O turbante descobria uma testa teimosa e, sob a pele queimada, mas um pouco desbotada pelo frio, o rosto todo tinha um aspecto ao mesmo tempo inquieto e rebelde que impressionou Daru quando o árabe, voltando-lhe o rosto, olhou-o bem nos olhos.

— Passem para a sala — disse o professor —, vou preparar-lhes chá de menta.

— Obrigado — disse Balducci. — Que trabalheira! Que chegue logo a aposentadoria.

E dirigindo-se em árabe ao prisioneiro:

— Você, venha.

O árabe se ergueu e, lentamente, mantendo os punhos juntos diante de si, entrou na escola.

Com o chá, Daru trouxe uma cadeira. Mas Balducci já se acomodara na primeira carteira de aluno e o árabe se agachara apoiado no estrado do professor, diante do fogareiro que ficava entre a mesa e a janela.

Quando estendeu o copo de chá para o prisioneiro, Daru hesitou diante de suas mãos atadas.

— Podemos desamarrá-lo, talvez.

— Claro — disse Balducci. — Foi para a viagem.

Fez menção de levantar-se. Mas Daru, colocando o copo no chão, ajoelhara-se perto do árabe. Este, sem nada dizer, olhava-o com olhos febris. Com as mãos livres, esfregou um no outro os punhos inchados, pegou o copo de chá e sorveu o líquido ardente, com pequenos goles rápidos.

— Bom — disse Daru. — E para onde estão indo?

Balducci retirou o bigode do chá:

— Para cá, filho.

— Que alunos estranhos! Vão dormir aqui?

— Não. Eu vou voltar para El Ameur. E você vai entregar o colega em Tinguit. Estão à sua espera na comuna mista.

Balducci olhava para Daru com um pequeno sorriso de amizade.

— Que história é essa — perguntou o professor —, você está brincando comigo?

— Não, filho. São ordens.

— Ordens? Não estou...

Daru hesitou; não queria magoar o velho corso.

— Quer dizer, essa não é minha profissão.

— Bem, e o que quer dizer isso? Na guerra, faz-se de tudo.

— E então, vou esperar a declaração de guerra!

Balducci concordou com a cabeça.

— Bem. Mas as ordens estão aí e dizem respeito a você também. Parece que estão acontecendo coisas. Fala-se em revolução próxima. Estamos mobilizados, de certa forma.

Daru continuava com seu ar obstinado.

— Escute, filho — disse Balducci. — Gosto de você, é preciso compreender. Somos uma dúzia em El Ameur para patrulhar o território de um pequeno departamento e preciso voltar. Disseram-me para confiar-lhe esse esquisito e voltar sem demora. Não podíamos deixá-lo lá. A aldeia dele está agitada, queriam retomá-la. Você deve levá-lo a Tinguit amanhã durante o dia. Não são vinte quilômetros que assustarão um sujeito forte como você. Depois, acabou. Vai reencontrar os seus alunos e a boa vida.

Atrás da parede, ouvia-se o cavalo relinchar e bater com o casco. Daru olhava pela janela. Decididamente, o tempo melhorava, a luz se ampliava sobre o planalto cheio de neve. Quando toda a neve derretesse, o sol reinaria novamente e queimaria uma vez mais os campos de pedra. Durante muitos dias, ainda, o céu inalterável despejaria sua luz seca sobre a imensidão solitária, onde nada lembrava o homem.

— Afinal — disse voltando-se para Balducci —, que fez ele?

E perguntou, antes que o policial abrisse a boca:

— Ele fala francês?

— Não, nem uma palavra. Estava sendo procurado há um mês, mas eles o escondiam. Matou o primo.

— É contra nós?

— Acho que não. Mas nunca se sabe.

— Por que matou?

— Negócios de família, eu acho. Parece que um devia cereal ao outro. Não ficou claro. Enfim, matou o primo com um golpe de foice. Sabe, como um carneiro, zapt!...

Balducci fez o gesto de passar uma lâmina sobre a garganta, e o árabe, atraída sua atenção, olhava-o com uma espécie de inquietação. Daru sentiu uma cólera súbita contra esse homem, contra todos os homens e sua suja maldade, seus ódios incansáveis, sua loucura de sangue.

Mas a chaleira cantava no fogo. Tornou a servir chá a Balducci, hesitou, depois serviu de novo o árabe que, pela segunda vez, bebeu avidamente. Seus braços levantados entreabriam agora o *djellaba* e o professor viu seu peito magro e musculoso.

— Obrigado, garoto — disse Balducci. — E agora, preciso ir.

Levantou-se e dirigiu-se para o árabe, puxando uma corda do bolso.

— Que está fazendo? — perguntou Daru secamente.

Balducci, desorientado, mostrou-lhe a corda.

— Não é preciso.

O velho policial hesitou.

— Como quiser. Naturalmente está armado?

— Tenho meu fuzil de caça.

— Onde?

— No baú.

— Devia tê-lo perto da cama.

— Por quê? Não tenho nada a temer.

— Está maluco, filho. Se eles se revoltarem, ninguém está a salvo, estamos todos no mesmo barco.

— Eu me defendo. Tenho tempo de vê-los chegar.

Balducci começou a rir, e em seguida o bigode cobriu repentinamente os dentes ainda brancos.

— Tem tempo? Bom. É o que eu dizia. Você sempre foi um pouco doido. É por isso que gosto de você, meu filho era assim.

Enquanto falava, puxou o revólver e colocou-o sobre a mesa.

— Fique com ele, não preciso de duas armas para ir daqui a El Ameur.

O revólver brilhava sobre a pintura negra da mesa. Quando o policial se voltou para ele, o professor sentiu seu cheiro de couro e de cavalo.

— Ouça, Balducci — disse Daru repentinamente —, tudo isso me repugna, sobretudo esse rapaz. Mas não vou entregá-lo. Combater, sim, se for preciso. Mas isso não.

O velho policial se mantinha diante dele e olhava-o com severidade.

— Está fazendo bobagem — disse lentamente. — Eu também não gosto disso. Botar uma corda num homem, apesar dos anos, a gente não se habitua a isso, fica até com vergonha. Mas não se pode deixá-los fazer o que quiserem.

— Não vou entregá-lo — repetiu Daru.

— É uma ordem, filho. Digo e repito.

— É isso. Repita para eles o que eu disse: não vou entregá-lo.

Balducci fazia um esforço visível de reflexão. Olhava para o árabe e para Daru. Afinal decidiu-se.

— Não. Não vou dizer nada a eles. Se quiser nos abandonar, à vontade, não vou denunciá-lo. Recebi a ordem de entregar o prisioneiro: é o que estou fazendo. Agora assine o papel.

— É inútil. Não vou negar que o deixou comigo.

— Não seja malvado comigo. Sei que vai dizer a verdade. Você é daqui, é um homem. Mas precisa assinar, é o regulamento.

Daru abriu a gaveta, tirou um pequeno frasco quadrado de tinta violeta, a caneta tinteiro de madeira vermelha com a pena *sergent-major* que usava para traçar os modelos de caligrafia e assinou. O policial dobrou o papel com cuidado e colocou-o na carteira. Depois dirigiu-se para a porta.

— Vou acompanhá-lo — disse Daru.

— Não — respondeu Balducci. — Não adianta ser educado. Você me fez uma afronta.

Olhou para o árabe, imóvel, no mesmo lugar, fungou com um ar de tristeza e voltou-se para a porta.

— Adeus, filho — disse.

A porta bateu atrás dele. Balducci surgiu diante da janela e depois desapareceu. Seus passos eram abafados pela neve. O cavalo se agitou atrás do tapume, as galinhas se alvoroçaram. Instantes depois, Balducci tornou a passar diante da janela puxando o cavalo pelas rédeas. Caminhava para a ladeira sem se virar, desapareceu primeiro e o cavalo o seguiu. Ouviu-se uma grande pedra rolar lentamente. Daru voltou ao prisioneiro, que não se mexera, mas que não tirava os olhos dele.

— Espere — disse em árabe o professor, e dirigiu-se para o quarto. No momento em que passava a soleira, mudou de ideia, foi até a mesa, pegou o revólver e meteu-o no bolso. Depois, sem se virar, entrou no quarto.

Durante muito tempo, ficou estendido no sofá olhando o céu fechar-se pouco a pouco, escutando o silêncio. Era o silêncio que lhe parecera difícil nos primeiros dias após sua chegada, depois da guerra. Havia pedido um posto na pequena cidade ao pé dos contrafortes que separam os altiplanos do deserto. Lá, as muralhas rochosas, verdes e negras ao norte, rosas ou lilases ao sul, marcavam a fronteira do verão eterno. Havia sido nomeado para um posto mais ao norte, no próprio planalto. No princípio, a solidão e o silêncio haviam sido duros nessas terras ingratas, habitadas apenas pelas pedras. Às vezes, os sulcos davam a impressão de culturas, mas haviam sido cavados para revelar determinada pedra, propícia à construção. Aqui só se lavrava para colher seixos. Outras vezes, raspavam-se alguns pedaços de terra, acumulados nas escavações, com os quais se adubariam os magros jardins das aldeias. Era assim, só os seixos cobriam três quartos dessa região. As cidades nasciam, brilhavam, e depois desapareciam; os homens passavam por lá, amavam-se ou engalfinhavam-se e depois morriam. Nesse deserto, ninguém, nem ele nem seu hóspede, era nada. E no entanto, fora desse deserto, Daru bem o sabia, nem um nem outro teriam conseguido realmente viver.

Quando ele se levantou, nenhum ruído vinha da sala de aula. Espantou-se com a franca alegria que o invadia só de pensar que o árabe poderia ter fugido e que ele ficaria novamente só sem precisar decidir nada. Mas o prisioneiro estava lá. Apenas deitara-se todo esticado entre o fogão e a mesa. De olhos abertos, olhava para o teto. Nessa posição, viam-se sobretudo seus lábios grossos, que lhe davam um ar descontente.

— Venha — disse Daru.

O árabe levantou-se e o seguiu. No quarto, o professor mostrou-lhe uma cadeira perto da mesa, debaixo da janela. O árabe sentou-se, sem deixar de olhar para Daru.

— Está com fome?

— Sim — disse o prisioneiro.

Daru pôs dois lugares à mesa. Pegou a farinha e o óleo, fabricou uma *galette* num prato e acendeu o pequeno fogareiro a gás. Enquanto a *galette* cozinhava, saiu para buscar queijo, ovos, tâmaras e leite condensado na despensa. Quando a *galette* ficou pronta, colocou-a para esfriar no parapeito da janela, esquentou o leite condensado diluído com água e, para terminar, fez uma omelete com os ovos. Num de seus movimentos, esbarrou no revólver metido no bolso direito. Largou a tigela, passou para a sala de aula e colocou o revólver na gaveta da mesa. Quando voltou para o quarto, a noite caía. Acendeu a luz e serviu o árabe.

— Coma — disse.

O outro pegou um pedaço de *galette*, levou-o avidamente à boca e deteve-se.

— E você? — perguntou.

— Depois de você. Vou comer também.

Os lábios grossos se abriram um pouco, o árabe hesitou, depois deu uma mordida decidida na *galette*.

Terminada a refeição, o árabe olhava para o professor.

— Você é o juiz?

— Não, só fico com você até amanhã.

— Por que está comendo comigo?

— Estou com fome.

O outro se calou. Daru se levantou e saiu. Trouxe de volta uma cama de campanha, estendeu-a entre a mesa e o fogão, perpendicular à sua própria cama. De uma grande mala que, de pé num canto, servia de estante, retirou dois cobertores que arrumou sobre a cama de campanha. Depois deteve-se, sentiu-se ocioso, sentou-se na cama. Não havia mais nada a fazer ou a preparar. Era preciso olhar para esse homem. Então olhava para ele, tentando imaginar esse rosto dominado pela fúria. Não conseguia. Via apenas o olhar ao mesmo tempo triste e brilhante, e a boca animal.

— Por que o matou? — perguntou, com uma voz cuja hostilidade o surpreendeu.

O árabe desviou o olhar.

— Ele fugiu. Corri atrás dele.

Ergueu os olhos para Daru e eles estavam cheios de uma espécie de interrogação infeliz.

— Agora, o que vão fazer comigo?

— Está com medo?

O outro se retesou, desviando os olhos.

— Está arrependido?

O árabe olhou para ele, de boca aberta. Aparentemente não estava compreendendo. A irritação dominava Daru. Ao mesmo tempo, sentia-se desajeitado e constrangido dentro do corpo grande, espremido entre as duas camas.

— Deite-se ali — disse com impaciência. — É a sua cama.

O árabe não se mexia. Chamou Daru:

— Escute!

O professor olhou para ele.

— O guarda vai voltar amanhã?

— Não sei.

— Você vem conosco?

— Não sei. Por quê?

O prisioneiro se levantou e deitou-se sobre os cobertores, com os pés na direção da janela. A luz da lâmpada elétrica caía diretamente nos seus olhos, e ele logo os fechou.

— Por quê? — repetiu Daru, plantado diante da cama.

O árabe abriu os olhos sob a luz ofuscante e olhou-o esforçando-se para não piscar.

— Venha conosco — disse.

No meio da noite, Daru continuava acordado. Metera-se na cama depois de se despir completamente: normalmente dormia nu. Mas quando se viu sem roupa no quarto, hesitou. Sentia-se vulnerável, veio-lhe a tentação de tornar a vestir-se. Depois deu de ombros; já vira outros e, se fosse preciso, partiria ao meio seu adversário. Da cama, podia observá-lo, deitado de costas, sempre imóvel e com os olhos fechados sob a luz violenta. Quando Daru apagou a luz, as trevas pareceram congelar-se de repente. Pouco a pouco, a noite se tornou novamente viva na janela onde o céu sem estrelas oscilava suavemente. O professor distinguiu logo o corpo estendido diante dele. O árabe continuava imóvel, mas seus olhos pareciam estar abertos. Um vento leve rondava a escola. Talvez ele expulsasse as nuvens e o sol voltasse.

Durante a noite, o vento aumentou. As galinhas se agitaram um pouco, depois se calaram. O árabe virou de lado, com as costas para Daru, e este pensou tê-lo ouvido gemer. Vigiou em seguida sua respiração, que se tornara mais forte e mais regular. Escutava esse sopro tão próximo e sonhava sem conseguir adormecer. No quarto em que, há mais de um ano, dormia sozinho, essa presença o incomodava. Mas incomodava-o também porque lhe impunha uma espécie de fraternidade, que ele recusava nas atuais circunstâncias e que conhecia bem: os homens que compartilham os mesmos quartos, soldados ou prisioneiros, adquirem um estranho vínculo como se, tendo deixado as armaduras com as roupas, se unissem todas as noites, acima de suas diferenças, na velha comunidade do sonho e do cansaço. Mas Daru se sacudia, não gostava dessas bobagens, era preciso dormir.

Pouco depois no entanto, quando o árabe se mexeu imperceptivelmente, o professor continuava acordado. No segundo movimento, ele se retesou, alerta. O árabe se erguia lentamente sobre os braços, num movimento quase sonâmbulo. Sentado na cama, esperou, imóvel, sem voltar a cabeça para Daru, como se escutasse com toda a atenção. Daru não se mexeu: acabava de pensar que o revólver ficara na gaveta da mesa. Seria melhor agir logo. No entanto continuou a observar o prisioneiro que, com o mesmo movimento escorregadio, colocava os pés no chão, esperava, e depois começava a erguer-se lentamente. Daru ia interpelá-lo quando o árabe começou a andar, desta vez com um passo natural, mas extraordinariamente silencioso. Ia em direção à porta dos fundos que dava para o alpendre. Abriu o trinco com cuidado e saiu empurrando a porta atrás de si, sem fechá-la. Daru não se moveu. "Está fugindo", pensou apenas. "Que alívio!" No entanto, aguçou os ouvidos. As galinhas não se mexiam: o outro estava portanto no planalto. Um fraco ruído de água chegou então a seus ouvidos, que só identificou no momento em que o árabe se esgueirou de novo pela porta, fechou-a com cuidado e voltou a deitar-se sem um ruído. Então Daru deu-lhe as costas e adormeceu. Mais tarde, pareceu-lhe ouvir, do fundo de seu sono, passos furtivos em torno da escola.

— Estou sonhando, estou sonhando — repetia. E dormia.

Quando acordou, o céu estava descoberto: pela janela mal fechada entrava um ar frio e puro. O árabe dormia, agora encolhido sob os cobertores, de boca aberta, totalmente relaxado. Mas quando Daru o sacudiu, teve um sobressalto terrível, olhando para Daru sem reconhecê-lo com olhos loucos e uma expressão tão aterrorizada que o professor deu um passo para trás.

— Não tenha medo. Sou eu. É preciso comer.

O árabe sacudiu a cabeça e disse sim. A calma voltara a seu rosto, mas sua expressão era ausente e distraída.

O café estava pronto. Beberam, ambos sentados na cama de campanha, mordendo seus pedaços de *galette*. Depois Daru levou o árabe até o alpendre e mostrou-lhe a bica onde se lavava. Voltou para o quarto, dobrou os cobertores e a cama de campanha, fez a sua própria cama e arrumou o quarto. Saiu então para o terreno baldio passando pela escola. O sol já nascia no céu azul; uma luz suave e intensa inundava o planalto deserto. Na ladeira, a neve derretia em alguns lugares. As pedras iam aparecer novamente. Agachado na beira da encosta, o professor contemplava a imensidão deserta. Pensava em Balducci. Ele o fizera sofrer, mandara-o embora, de certa forma, como se não quisesse estar no mesmo barco. Ouvia ainda o adeus do policial e, sem saber por que, sentia-se estranhamente vazio e vulnerável. Nesse momento, do outro lado da escola, o prisioneiro tossiu. Daru o ouviu, quase a contragosto, e depois, furioso, jogou uma pedra que assobiou no ar antes de afundar na neve. O crime imbecil desse homem o revoltava, mas entregá-lo era contrário à honra: ficava louco de humilhação só de pensar nisso. E amaldiçoava ao mesmo tempo os seus que lhe mandavam esse árabe e este último que ousara matar e não soubera fugir. Daru levantou-se, deu uma volta pelo terreno, esperou, imóvel, depois entrou na escola.

O árabe, curvado sobre o chão cimentado do alpendre, lavava os dentes com dois dedos. Daru o olhou, depois disse:

— Venha.

Entrou no quarto, diante do prisioneiro. Vestiu um paletó de caça sobre a camiseta e calçou sapatos de caminhada. Esperou de pé que o árabe tivesse recolocado o turbante e as sandálias. Entraram na escola e o professor mostrou a saída ao companheiro.

— Vai — disse.

O outro não se mexeu.

— Já vou — disse Daru.

O árabe saiu. Daru voltou para o quarto e fez um embrulho com torradas, tâmaras e açúcar. Na sala de aula, antes de sair, hesitou um segundo diante da mesa, depois atravessou a soleira e trancou a porta.

— É por ali — disse.

Tomou o caminho do leste, seguido pelo prisioneiro. Mas, a uma pequena distância da escola, pareceu-lhe ouvir um ligeiro ruído atrás dele. Voltou, inspecionou os arredores da casa: não havia ninguém. O árabe via tudo isso, sem parecer compreender.

— Vamos — disse Daru.

Caminharam durante uma hora e descansaram junto a uma espécie de agulha calcária. A neve se derretia cada vez mais depressa, o sol começava a evaporar as poças, limpando com toda a velocidade o planalto que, pouco a pouco, tornava-se seco e vibrava como o próprio ar. Quando retomaram o caminho, o chão ressoava sob seus passos. De quando em quando, um pássaro cortava o espaço diante deles com um grito de alegria. Daru bebia, com inspirações profundas, a luz fresca. Uma espécie de exaltação nascia dentro dele diante do grande espaço familiar, agora quase totalmente amarelo, sob sua calota de céu azul. Continuaram a andar durante uma hora, descendo em direção ao sul. Chegaram a uma espécie de saliência achatada, feita de rochedos arenosos. A partir daí, o planalto descia, a leste, em direção a uma planície baixa onde se podia distinguir algumas árvores magras e, ao sul, em direção a amontoados rochosos que davam à paisagem um aspecto irregular.

Daru inspecionou as duas direções. Só havia o céu no horizonte, nenhum homem aparecia. Voltou-se para o árabe, que o olhava sem compreender. Daru estendeu-lhe um embrulho:

— Tome — disse. — São tâmaras, pão, açúcar. Você pode aguentar dois dias. Aqui estão também mil francos.

O árabe pegou o pacote e o dinheiro, mas conservava as mãos cheias na altura do peito, como se não soubesse o que fazer com o que lhe davam.

— Olhe agora — disse o professor, e mostrava-lhe a direção do leste —, eis a estrada de Tinguit. Você tem duas horas de caminhada. Em Tinguit, há a administração e a polícia. Eles o esperam.

O árabe olhava para o leste, segurando sempre o embrulho e o dinheiro. Daru tomou-lhe o braço e, sem suavidade, fez com que desse um quarto de volta em direção ao sul. Embaixo da encosta onde se encontravam, adivinhava-se um caminho que mal fora traçado.

— Essa é a trilha que atravessa o planalto. A um dia de caminhada daqui, vai encontrar pastagens e os primeiros nômades. Eles o acolherão e lhe darão abrigo, segundo as suas leis.

O árabe tinha agora se virado para Daru, e uma espécie de pânico nascia-lhe no rosto.

— Escute — disse. Daru sacudiu a cabeça.

— Não, cale-se. Agora, eu o deixo.

Virou-lhe as costas, deus, dois grandes passos em direção à escola, olhou com um ar indeciso para o árabe imóvel e foi embora. Durante alguns minutos, só ouviu o próprio passo, sonoro sobre a terra fria, e não virou a cabeça. Instantes depois, no entanto, virou-se. O árabe continuava lá, na beira da colina, com os braços agora caídos, e olhava para o professor. Daru sentiu um nó na garganta. Mas praguejou com impaciência, fez um sinal e tornou a partir. Já estava longe quando se deteve novamente e olhou. Não havia mais ninguém na colina.

Daru hesitou. O sol agora estava bastante alto no céu e começava a devorar-lhe a testa. O professor fez meia-volta, primeiro um pouco inseguro, depois com decisão. Quando chegou à pequena colina, estava encharcado de suor. Escalou-a correndo e se deteve, sem fôlego, no topo. Os campos rochosos, ao sul, desenhavam-se nitidamente sobre o céu azul, mas sobre a planície, a leste, uma névoa de calor já se elevava. E nessa bruma ligeira, Daru, com o coração apertado, descobriu o árabe que caminhava lentamente em direção à prisão.

Pouco depois, plantado diante da janela da sala de aula, o professor olhava sem ver a jovem luz saltar das alturas do céu sobre toda a superfície do planalto. Atrás dele, no quadro-negro, entre os meandros dos rios franceses exibia--se, riscada a giz por uma mão canhestra, a inscrição que acabava de ler: "Você entregou nosso irmão. Vai pagar por isso." Daru olhava para o céu, para o planalto e, mais além, para as terras invisíveis que se estendiam até o mar. Nessa vasta região que ele tanto amara, estava só.

JONAS OU O ARTISTA TRABALHANDO

Atirai-me ao mar... pois sei
que sou eu quem atrai sobre
vós esta grande tempestade.

JONAS, I, 12

Gilbert Jonas, pintor, acreditava na sua estrela. Aliás só acreditava nela, se bem que sentisse respeito e até mesmo uma certa admiração pela religião dos outros. Sua própria fé, no entanto, não era sem virtudes, já que consistia em admitir, de forma obscura, que conseguiria muito sem nunca merecer nada. Assim, quando, por volta dos trinta e cinco anos, uma dezena de críticos de repente disputou a glória de ter descoberto seu talento, não mostrou surpresa alguma. Mas sua serenidade, atribuída por alguns à autossuficiência, explicava-se muito bem, pelo contrário, por uma modéstia confiante. Jonas fazia justiça à sua estrela mais que aos seus méritos.

Mostrou-se um pouco mais espantado quando um *marchand* lhe propôs uma mensalidade que o liberaria de qualquer preocupação. Em vão, o arquiteto Rateau, que desde o colégio gostava de Jonas e de sua estrela, demonstrou-lhe que essa mensalidade mal lhe propiciaria uma vida decente e que o *marchand* nada perderia.

— Mesmo assim — dizia Jonas.

Rateau, que era bem-sucedido, mas pela sua garra, em tudo que fazia, criticava o amigo.

— Mesmo assim o quê? É preciso conversar.

De nada adiantou. Jonas, dentro de si, agradecia à sua estrela.

— Será como quiser — disse ao *marchand*.

E abandonou as funções que ocupava na editora paterna para dedicar-se integralmente à pintura.

— Isso — dizia — é uma sorte!

Na realidade, pensava: "É uma sorte que continua." Até onde conseguia lembrar-se, via a ação dessa sorte. Nutria dessa forma um terno reconhecimento em relação a seus pais, primeiro porque o haviam criado distraidamente, o que lhe propiciara o lazer do devaneio, depois porque tinham se separado por motivo de adultério. Pelo menos fora esse o pretexto alegado pelo pai, que se esquecia de precisar que se tratava de um adultério bastante singular: ele não conseguia suportar as boas ações da mulher, verdadeira santa leiga que, sem ver maldade nisso, abdicara de seus interesses em prol da humanidade sofredora. Mas o marido pretendia dispor, como senhor, das virtudes da mulher. "Para mim", dizia esse Otelo, "chega de ser enganado com os pobres."

Esse mal-entendido foi proveitoso para Jonas. Seus pais, tendo lido, ou aprendido, que era possível citar inúmeros casos de assassinos sádicos nascidos de pais divorciados, rivalizavam-se em mimos para cortar pela raiz os germes de uma evolução tão deplorável. Quanto menos aparentes fossem os efeitos do choque, que, como pensavam, havia atingido a consciência da criança, mais se inquietavam: os danos invisíveis deviam ser os mais profundos. Bastava que Jonas declarasse estar satisfeito consigo mesmo ou com o seu dia, a preocupação dos pais beirava o desespero. Suas atenções se redobravam e a criança então nada mais tinha a desejar.

Sua suposta infelicidade proporcionou a Jonas, enfim, um irmão dedicado na pessoa de seu amigo Rateau. Os pais deste último convidavam muitas vezes o coleguinha de colégio porque lamentavam seu infortúnio. Seus discursos penalizados inspiraram ao filho, vigoroso e esportivo, o desejo de tomar sob sua proteção a criança cujos êxitos negligentes já admirava. A admiração e a condescendência constituíram uma boa mistura para a amizade que Jonas recebeu, como todo o resto, com uma simplicidade encorajadora.

Quando Jonas terminou os estudos, sem grandes esforços, teve ainda a sorte de entrar para a editora do pai para lá descobrir um emprego e, por vias indiretas, a vocação de pintor. Primeiro editor da França, o pai de Jonas achava que o livro, mais do que nunca, e em função da própria crise da cultura, era o futuro.

— A história mostra — dizia ele — que quanto menos se lê, mais se compram livros.

Consequentemente, ele só lia raramente os originais que lhe eram submetidos, só se decidia a publicá-los com base na personalidade do autor ou na atualidade do assunto (sob esse ponto de vista, sendo o sexo o único assunto sempre atual, o editor acabara se especializando), e cuidava apenas de encontrar apresentações curiosas e publicidade gratuita. Jonas recebeu portanto, ao mesmo tempo, o departamento de leitura e muitas horas vagas que precisava descobrir como empregar. Foi assim que encontrou a pintura.

Pela primeira vez, descobriu em si um ardor imprevisto, mas incansável, logo dedicou seus dias à pintura e, sempre sem esforço, tornou-se exímio nesse exercício. Nada mais parecia interessá-lo e por pouco deixou de se casar na idade adequada: a pintura devorava-o por inteiro. Aos seres e às circunstâncias comuns da vida, reservara apenas um sorriso bonachão que o dispensava de se preocupar com tais assuntos. Foi preciso um acidente com a motocicleta que Rateau dirigia com excessivo vigor, com o amigo na garupa, para que Jonas, com a mão direita afinal imobilizada numa atadura, e entediado, conseguisse se interessar pelo amor. Mais uma vez, foi levado a ver nesse grave acidente os bons efeitos de sua estrela. Sem ela, não teria tido tempo de olhar para Louise Poulin como ela merecia.

Aliás, segundo Rateau, Louise não merecia ser olhada. Sendo ele próprio pequeno e robusto, só gostava de mulheres altas.

— Não sei o que você vê nessa formiga — dizia.

Na verdade, Louise era pequena, a pele, o cabelo e os olhos escuros, mas bem-feita de corpo e com um rosto bonito. Jonas, grande e sólido, enternecia-se com a formiga, ainda mais sendo ela trabalhadora. A vocação de Louise era a atividade. Tal vocação combinava harmoniosamente com o gosto de Jonas pela inércia e suas vantagens. Primeiro, Louise dedicou-se à literatura, pelo menos enquanto achou que Jonas se interessava pela atividade editorial. Lia tudo, desordenadamente, e tornou-se capaz, em poucas semanas, de falar sobre tudo. Jonas passou a admirá-la e julgou-se definitivamente dispensado de leituras já que Louise o mantinha suficientemente informado, e lhe possibilitava conhecer o essencial sobre as descobertas contemporâneas.

— Não se deve mais dizer que fulano é mau ou feio, e sim que ele se acha mau ou feio.

A sutileza era importante e corria o risco de, no mínimo, levar à condenação da raça humana, como observou Rateau. Mas Louise resolveu a dificuldade ao mostrar que essa verdade, sustentada ao mesmo tempo pelos folhetins sentimentais e pelas revistas filosóficas, era universal e não podia ser discutida.

— Será como você quiser — disse Jonas, que logo esqueceu essa cruel descoberta para sonhar com sua estrela.

Louise abandonou a literatura tão logo compreendeu que Jonas só se interessava pela pintura. Dedicou-se imediatamente às artes plásticas, correu os museus e exposições, para onde arrastou Jonas que entendia mal o que seus contemporâneos pintavam e ficava perturbado em sua simplicidade de artista. No entanto se rejubilava por estar tão bem informado acerca de tudo que se relacionava com sua arte. É bem verdade que no dia seguinte ele esquecia até mesmo o nome do pintor cujas obras acabava de ver. Mas Louise tinha razão quando lhe recordava peremptoriamente uma das certezas que conservara de seu período literário, a saber que na verdade nunca se esquece nada. Decididamente, a estrela protegia Jonas, que podia assim acumular sem problemas de consciência as certezas da memória e as comodidades do esquecimento.

Mas os tesouros de dedicação que Louise esbanjava reluziam como ouro na vida diária de Jonas. Esse anjo bom poupava-o de comprar sapatos, roupas para ele e para a casa, o que abrevia, para qualquer homem normal, os dias de uma vida já tão curta. De maneira resoluta, ela assumia os encargos das mil invenções da máquina de matar o tempo desde os obscuros formulários da previdência social até as disposições sempre renovadas do fisco.

— Sim — dizia Rateau —, está bem. Mas ela não pode ir ao dentista por você.

Ela não ia, mas telefonava e marcava consultas, nas horas mais convenientes; cuidava do abastecimento do carro, das reservas nos hotéis para as férias, do carvão para a calefação, comprava pessoalmente os presentes que Jonas desejava oferecer, escolhia e mandava flores, e certas noites ainda encontrava tempo para passar em sua casa, quando ele não estava, e preparar a cama que, naquela noite, ele não precisaria nem abrir.

Com o mesmo ímpeto, ela deitou-se nessa cama, depois tratou do encontro com o prefeito, levou Jonas até ele dois anos antes de seu talento ser afinal reconhecido e organizou a viagem de núpcias de modo que todos os museus fossem visitados. Não sem antes ter descoberto, em plena crise de habitação, um apartamento de três cômodos onde se instalaram, na volta. Em seguida fabricou duas crianças, quase que uma depois da outra, um menino e uma menina, de acordo com seu plano que consistia em chegar a três e que se cumpriu pouco depois de Jonas ter deixado a editora para dedicar-se à pintura.

Desde que deu à luz, aliás, Louise se dedicou inteiramente a seu, e depois, a seus filhos. Tentava ainda ajudar o marido, mas faltava-lhe tempo. Sem dúvida, lamentava o fato de negligenciar Jonas, mas seu caráter decidido impedia-a de se ater a esses remorsos.

— Não faz mal — dizia —, cada um com o seu ofício.

Jonas se declarava encantado com essa expressão, pois desejava, como todos os artistas de sua época, passar por artesão. O artesão foi portanto um pouco negligenciado e teve que comprar sozinho os seus sapatos. No entanto, além de achar que tudo estava na ordem natural das coisas, Jonas se sentiu até mesmo tentado a se felicitar por isso. Certamente, precisava fazer um esforço para visitar as lojas, mas esse esforço era recompensado por uma dessas horas de solidão que tanto valorizam a felicidade dos casais.

O problema do espaço vital predominava, no entanto, sobre os outros problemas da casa, pois o tempo e o espaço encolhiam a um só tempo em torno deles. O nascimento das crianças, o novo ofício de Jonas, as instalações acanhadas, e a modéstia da mensalidade que o impedia de comprar um apartamento maior, deixavam apenas um campo limitado para a dupla atividade de Louise e Jonas. O apartamento ficava no primeiro andar de uma antiga mansão do século XVIII, no bairro velho da capital. Muitos artistas moravam nesse bairro, fiéis ao princípio de que em arte a busca do novo deve ser feita num ambiente antigo. Jonas, que partilhava dessa convicção, alegrava-se muito por viver nesse bairro.

De qualquer forma, o apartamento era antigo. Mas alguns arranjos bem modernos lhe haviam dado um ar original que se manifestava sobretudo pelo fato de oferecer a seus habitantes um grande volume de ar, embora ocupasse somente uma área reduzida. Os cômodos, particularmente altos e ornados de magníficas janelas, tinham sido destinados, a julgar por suas proporções majestosas, à recepção e ao aparato. Mas as necessidades do aperto urbano e da renda imobiliária haviam obrigado os sucessivos proprietários a colocar divisórias nos cômodos amplos demais e a multiplicar através desse recurso os boxes que alugavam por preços elevados ao seu rebanho de inquilinos. Também não deixavam de fazer valer aquilo que chamavam de "a grande cubagem de ar". Era uma vantagem inegável que seria preciso apenas atribuir à impossibilidade para os proprietários de dividir os cômodos também na altura. A não ser por isso, não teriam hesitado em fazer os sacrifícios necessários para oferecer alguns refúgios a mais à geração emergente, particularmente casadoura e prolífica nessa época. A cubagem de ar, aliás, não apresentava só vantagens. Proporcionava o inconveniente de tornar as peças difíceis de serem aquecidas no inverno, o que infelizmente obrigava os proprietários a aumentar a taxa de calefação. No verão, devido à vasta área envidraçada, o apartamento era literalmente violentado pela luz: não havia persianas. Os proprietários, certamente desanimados pela altura das janelas e o preço da marcenaria, haviam deixado de instalá-las. Afinal, cortinas grossas podiam desempenhar o mesmo papel, e não representavam nenhum problema quanto ao preço já que eram um encargo dos inquilinos. Além disso, os proprietários não se recusavam a ajudá-los e ofereciam-lhes a preços insuperáveis cortinas oriundas de suas próprias lojas. A filantropia imobiliária era na realidade o seu passatempo. Na vida de todos os dias, esses novos príncipes vendiam percal e veludo.

Jonas se extasiara diante das vantagens do apartamento e admitira sem dificuldade seus inconvenientes.

— Será como o senhor quiser — disse ao proprietário a respeito da taxa de aquecimento.

Quanto às cortinas, concordava com Louise, que achava suficiente colocá-las apenas no quarto de dormir e deixar nuas as outras janelas.

— Não temos nada a esconder — dizia aquele coração puro.

Jonas se deixara particularmente seduzir pelo cômodo maior cujo teto era tão alto que não havia a menor condição de se instalar ali um sistema de iluminação. Entrava-se imediatamente nesse cômodo, e estreito corredor o ligava aos outros dois, muito menores, e enfileirados. Na extremidade do apartamento, a cozinha era contígua à privada e a um reduto decorado com o nome de sala de chuveiros. Na realidade, podia-se considerá-lo como tal, com a condição de que fosse instalado um chuveiro, que este fosse colocado no sentido vertical e que se consentisse em receber o jato benéfico em absoluta imobilidade.

A altura realmente extraordinária do pé-direito e a exiguidade dos cômodos faziam desse apartamento um estranho conjunto de paralelepípedos quase totalmente envidraçados, todo de portas e janelas, onde os móveis não conseguiam encontrar apoio e onde os seres, perdidos na luz branca e violenta, pareciam flutuar como peixes num aquário vertical. Além disso, todas as janelas davam para o pátio, isto é, a pouca distância, para outras janelas do mesmo estilo por trás das quais distinguia-se quase imediatamente o desenho de outras janelas que davam para um segundo pátio.

— É a galeria dos espelhos — dizia Jonas, encantado.

Aconselhado por Rateau, decidira-se a instalar o quarto do casal num dos cômodos pequenos, enquanto o outro abrigaria a criança que já se anunciava. O cômodo grande servia de estúdio para Jonas durante o dia, e à noite e na hora das refeições de sala. Aliás, a rigor podia-se comer na cozinha, desde que Jonas ou Louise se dispusessem a ficar de pé. Rateau, por sua vez, multiplicara as instalações engenhosas.

Com portas rolantes, prateleiras e mesas dobráveis conseguira compensar a escassez de móveis, acentuando o ar de caixinha de surpresas desse original apartamento.

Mas quando os cômodos ficaram cheios de quadros e de crianças, foi preciso pensar sem demora numa nova instalação. De fato, antes do nascimento do terceiro filho, Jonas trabalhava no cômodo maior, Louise tricotava no quarto do casal, ao passo que os dois pequenos ocupavam o último quarto, onde viviam à solta, bagunçando também, quando podiam, o apartamento todo. Decidiu-se então instalar o recém-nascido num canto do estúdio que Jonas isolou superpondo suas telas como um biombo, o que oferecia a vantagem de ter a criança ao alcance do ouvido e de poder assim atender a seus chamados. Aliás, Jonas não precisava se preocupar nunca, Louise o avisava. Ela não esperava que a criança chorasse para entrar no estúdio, embora com mil precauções e sempre na ponta dos pés. Jonas, enternecido com essa discrição, garantiu um dia a Louise que ele não era tão sensível e que podia muito bem trabalhar com o ruído de seus passos. Louise respondeu que se tratava também de não acordar a criança. Jonas, cheio de admiração pelo coração materno que ela assim revelava, riu de bom grado de seu engano. Por isso mesmo, ele não ousou confessar que as intervenções prudentes de Louise eram mais incômodas do que uma irrupção franca. Primeiro porque demoravam mais tempo, e depois porque se realizavam segundo uma mímica em que Louise, com os braços bem abertos, o tronco um pouco atirado para trás e a perna levantada bem alto para a frente, não podia passar despercebida. Esse método ia até mesmo contra suas intenções confessas, já que Louise se arriscava a esbarrar a qualquer momento em alguma das telas que atravancavam o estúdio. O ruído acordava então a criança que manifestava seu descontentamento de acordo com seus recursos, aliás bastante poderosos. O pai, encantado com a capacidade pulmonar do filho, corria para embalá-lo, logo substituído pela mulher. Jonas colocava então as telas na posição normal e depois, de pincel na mão, escutava, encantado, a voz insistente e soberana do filho.

Foi também nessa época que o sucesso de Jonas lhe valeu muitos amigos. Esses amigos se manifestavam por telefone ou por visitas imprevistas. O telefone, que depois de muita reflexão fora colocado no estúdio, tocava com frequência, sempre em detrimento do sono da criança que mesclava seus gritos à campainha imperativa do aparelho. Se, por acaso, Louise estivesse cuidando das outras crianças, ele se esforçava para atender carregando-as consigo, mas, na maior parte do tempo, ela encontrava Jonas segurando a criança num braço e com a outra mão os pincéis e o fone que lhe transmitia um afetuoso convite para o almoço. Jonas ficava maravilhado pelo fato de alguém querer efetivamente almoçar com ele, cuja conversa era banal, mas preferia sair à noite a fim de conservar intacta sua jornada de trabalho. Na maioria dos casos, infelizmente, o amigo só dispunha do almoço, e daquele almoço específico; fazia absoluta questão de reservá-lo para o caro Jonas. O caro Jonas aceitava:

— Será como quiser — e desligava. — Como ele é gentil! — e devolvia a criança a Louise.

Depois recomeçava o trabalho, logo interrompido pelo almoço ou pelo jantar. Era preciso afastar as telas, desdobrar a mesa aperfeiçoada e instalar-se com as crianças. Durante a refeição, Jonas mantinha um olho no quadro do momento, e às vezes, pelo menos no início, achava que as crianças mastigavam e engoliam um pouco devagar, o que dava a cada refeição uma duração excessiva. Mas leu no jornal que era preciso comer devagar para assimilar bem, e descobriu em cada refeição motivos para rejubilar-se longamente.

Em outras ocasiões, seus novos amigos o visitavam. Rateau só vinha depois do jantar. Passava os dias no escritório e além disso sabia que os pintores trabalham à luz do dia. Mas os novos amigos de Jonas pertenciam quase todos à espécie artistas ou críticos. Uns haviam pintado, outros iam pintar, e os últimos ocupavam-se do que havia sido ou iria ser pintado. Todos tinham certamente em alta conta os trabalhos de arte, e lamentavam a organização do mundo moderno que torna tão difícil a realização dos referidos trabalhos e o exercício, indispensável ao artista, da meditação. Lamentavam isso durante tardes inteiras, suplicando a Jonas que continuasse a trabalhar, como se não estivessem lá, e que agisse livremente com eles que não eram burgueses e sabiam o quanto valia o tempo de um artista. Jonas, satisfeito por ter amigos capazes de admitir que se pudesse trabalhar na sua presença, voltava a seu quadro sem deixar de responder às perguntas que lhe faziam, ou de rir das anedotas que lhe contavam.

Tanta naturalidade deixava os amigos cada vez mais à vontade. Seu bom humor era tão real que se esqueciam da hora da refeição. As crianças por sua vez tinham memória melhor. Chegavam, misturavam-se aos outros, urravam, eram acolhidas pelas visitas, pulavam de colo em colo. A luz finalmente declinava no quadrado de céu desenhado pelo pátio, Jonas largava os pincéis. Só lhe restava convidar os amigos, sem saber o que havia para comer, e ficar falando,

106

até tarde da noite, de arte é claro, mas sobretudo de pintores sem talento, plagiários ou interesseiros, que não estavam presentes. Jonas gostava de acordar cedo, para aproveitar as primeiras horas de luz. Ele sabia que isso seria difícil, que o café da manhã não ficaria pronto a tempo, e que ele mesmo estaria cansado. Mas alegrava-se também por aprender, numa só noite, tantas coisas que não podiam deixar de ser úteis, embora de maneira invisível, à sua arte.

— Em arte, como na natureza, nada se perde — dizia. — É um efeito da boa estrela.

Aos amigos juntavam-se, às vezes, os discípulos: Jonas agora fazia escola. A princípio, ficava surpreso com isso, sem ver o que podiam aprender com ele, que ainda tinha tudo a descobrir. O artista que havia nele caminhava nas trevas; como poderia ensinar os verdadeiros caminhos? Mas logo compreendeu que um discípulo não era necessariamente alguém que quer aprender alguma coisa. Na maioria das vezes, pelo contrário, faziam-se de discípulos pelo prazer desinteressado de ensinar ao mestre. A partir daí, ele conseguiu aceitar, com humildade, esse acréscimo de honrarias. Os discípulos de Jonas lhe explicavam durante horas a fio o que ele havia pintado, e por quê. Assim, Jonas descobria na sua obra muitas intenções que o surpreendiam um pouco, e uma série de coisas que nela não colocara. Julgava-se pobre e, graças a seus alunos, descobria-se rico de repente. Às vezes, diante de tantas riquezas até então desconhecidas, aflorava em Jonas um leve orgulho.

— É, é verdade mesmo — dizia a si próprio. — Aquele rosto, em último plano, é a única coisa que se vê. Não compreendo bem o que querem dizer ao falar de humanização indireta. No entanto, com esse efeito, fui bem longe.

Mas logo atribuía à sua boa estrela essa incômoda maestria.

— É a boa estrela — dizia — que vai longe. Quanto a mim, fico perto de Louise e das crianças.

Os discípulos tinham, aliás, outro mérito: obrigavam Jonas a um rigor maior com relação a si próprio. Elevavam-no tanto em seus discursos, e particularmente no que se referia à sua consciência e força de trabalho, que depois disso nenhuma fraqueza lhe era mais permitida. Perdeu assim o velho hábito de comer um pedaço de chocolate ou um cubo de açúcar quando terminava uma parte difícil e antes de retornar ao trabalho. Sozinho, apesar de tudo, teria cedido clandestinamente a essa fraqueza. Mas foi ajudado nesse progresso moral pela presença quase constante de seus discípulos e amigos diante dos quais ficava um pouco constrangido de comer chocolate e cuja conversa interessante ele não podia se dar ao luxo de interromper por uma mania tão pequena.

Além disso, os discípulos exigiam que se mantivesse fiel à sua estética. Jonas, que tinha grande dificuldade em receber de vez em quando uma espécie de lampejo fugidio no qual a realidade surgia a seus olhos numa luz virgem, tinha apenas uma ideia obscura da sua própria estética. Seus discípulos, ao contrário, tinham várias ideias a esse respeito, contraditórias e categóricas; não brincavam com esse assunto. Jonas teria preferido, às vezes, alegar o capricho, esse humilde amigo do artista. Mas as sobrancelhas franzidas dos discípulos diante de certas telas que se afastavam de suas ideias forçavam-no a refletir um pouco mais sobre a sua arte, o que só era vantajoso.

Finalmente, os discípulos ajudavam Jonas de outra forma ao obrigá-lo a dar seu parecer sobre sua própria produção.

Não se passava um dia, na verdade, sem que lhe trouxessem alguma tela apenas esboçada que o autor colocava entre Jonas e o quadro que estava pintado, a fim de deixar o esboço aproveitar a melhor luz. Era preciso dar um parecer. Até essa época, Jonas sempre tivera uma vergonha secreta de sua profunda incapacidade para julgar uma obra de arte. Com exceção de um punhado de quadros que o enlevavam, e de alguns rabiscos obviamente grosseiros, tudo lhe parecia igualmente interessante e indiferente. Assim, ele foi forçado a formar um arsenal de julgamentos, que deviam ser muito variados já que seus discípulos, como todos os artistas da capital, tinham na realidade um certo talento, e porque ele precisava estabelecer, quando eles estavam presentes, sutilezas diversas o bastante para satisfazer a cada um. Esse feliz dever obrigava-o portanto a criar um vocabulário e opiniões sobre sua arte. Aliás, sua boa vontade natural não foi arranhada por esse esforço. Compreendeu logo que seus discípulos não lhe pediam críticas, que não lhes serviam para nada, mas apenas estímulo e, se possível, elogios. Era preciso somente que os elogios fossem diferentes. Jonas não se contentou mais em ser amável, como sempre fora. Ele o era com engenhosidade.

Assim passava o tempo de Jonas, que pintava em meio a amigos e alunos, instalados em cadeiras agora dispostas em fileiras concêntricas em torno do cavalete. Também muitas vezes apareciam vizinhos nas janelas em frente e juntavam-se ao seu público. Ele conversava, trocava ideias, examinava as telas que lhe eram apresentadas, sorria quando Louise passava, consolava as crianças e atendia efusivamente aos chamados telefônicos, sem nunca abandonar os pincéis com os quais, vez por outra, acrescentava um toque ao quadro iniciado.

Em certo sentido, sua vida era bem cheia, todas as suas horas eram utilizadas, e ele dava graças ao destino que o poupava do tédio. Por outro lado, eram necessárias muitas pinceladas para encher um quadro, e ele às vezes pensava que o tédio também era bom já que se podia escapar dele pelo trabalho obstinado. Mas a produção de Jonas diminuía à medida que seus amigos se tornavam mais interessantes. Mesmo nas raras ocasiões em que ficava totalmente só, sentia-se cansado demais para trabalhar dobrado. E nessas horas só conseguia sonhar com uma nova organização que conciliaria os prazeres da amizade e as virtudes do tédio.

Abriu-se sobre isso com Louise que, por sua vez, se preocupava diante do crescimento dos dois filhos mais velhos e da estreiteza de seu quarto. Ele propôs instalá-los no grande cômodo, escondendo a cama com um biombo, e transportar o bebê para o pequeno quarto onde ele não seria mais acordado pelo telefone. Como o bebê não ocupava lugar, Jonas podia fazer ali o seu estúdio. A sala serviria então para as recepções do dia. Jonas poderia ir e vir, ver os amigos ou trabalhar, certo de que seria compreendido em sua necessidade de isolamento. Além disso, a necessidade de botar os maiores para dormir permitiria encurtar as noitadas.

— Perfeito — disse Jonas, depois de refletir.

— E além disso — disse Louise —, se os seus amigos saírem cedo, nós nos veremos um pouco mais.

Jonas olhou para ela. Uma sombra de tristeza passava sobre o rosto de Louise. Comovido, ele a puxou para si, beijou-a com toda a ternura. Ela se abandonou a ele, por um momento, foram felizes como no início do casamento. Mas ela agitou-se: o cômodo talvez fosse pequeno demais para Jonas. Louise pegou um metro e descobriram que, devido ao espaço ocupado por suas telas e as de seus alunos, estas muito mais numerosas, ele trabalhava, habitualmente, num espaço apenas um pouco maior do que aquele que lhe seria destinado a partir de agora. Jonas procedeu, sem demora, à mudança.

Por sorte, sua reputação crescia à medida que ele trabalhava menos. Cada exposição era esperada e celebrada de antemão. É bem verdade que um número reduzido de críticos, entre os quais se encontravam dois dos visitantes habituais do estúdio, temperavam com algumas reservas o calor de seus comentários. Mas a indignação dos discípulos compensava em muito essa pequena desgraça. É claro, afirmavam vigorosamente esses últimos, eles colocavam acima de tudo as telas da primeira fase, mas as pesquisas atuais preparavam uma verdadeira revolução. Jonas se recriminava pela ligeira irritação que lhe ocorria sempre que exaltavam suas primeiras obras e agradecia efusivamente. Só Rateau resmungava:

— Que criaturas estranhas... Gostam de você como estátua, imóvel. Com eles, é proibido viver!

Mas Jonas defendia os discípulos:

— Você não pode compreender — dizia a Rateau —, você gosta de tudo que faço.

Rateau dizia:

— Que diabo. Não é dos seus quadros que gosto. É da sua pintura.

De qualquer forma, os quadros continuavam a agradar e, após uma exposição acolhida calorosamente, o *marchand* propôs, por iniciativa própria, um aumento da mensalidade. Jonas aceitou, com protestos de gratidão.

— Quem o ouve pode achar que dá importância ao dinheiro — disse o *marchand*.

Tanta simpatia conquistou o coração do pintor. No entanto, como pedia ao *marchand* autorização para doar uma tela a um leilão de caridade, este se preocupou em saber se se tratava de uma caridade "com retorno". Jonas não sabia. O *marchand* propôs então que se ativessem honradamente aos termos do contrato, que lhe concedia privilégio exclusivo quanto à venda.

— Contrato é contrato — disse.

No deles, a caridade não estava prevista.

— Será como quiser — disse o pintor.

A nova organização só trouxe satisfação para Jonas. De fato, conseguia isolar-se com bastante frequência para responder às inúmeras cartas que agora recebia e que sua cortesia não podia deixar sem resposta. Umas se referiam à arte de Jonas, outras, muito mais numerosas, à pessoa do correspondente, fosse porque desejava ser encorajado em sua vocação de pintor, fosse porque queria pedir um conselho ou auxílio financeiro. À medida que o nome de Jonas aparecia nos jornais, ele foi instado, como todo mundo, a intervir no sentido de denunciar injustiças muito revoltantes. Jonas respondia, escrevia sobre arte, agradecia, dava conselhos, privava-se de uma gravata para enviar uma pequena ajuda, e assinava enfim as justas reivindicações que lhe eram submetidas.

— Agora está fazendo política? Deixe isso para os escritores e moças feias — dizia Rateau.

Não, ele só assinava os protestos que eram alheios a qualquer espírito de partido. Mas todos reivindicavam essa bela independência. Com o correr das semanas, Jonas arrastava os bolsos inchados com uma correspondência incessantemente negligenciada e renovada. Respondia às mais insistentes, que vinham geralmente de desconhecidos, e guardava para uma ocasião melhor as que exigiam uma resposta sem pressa, ou seja, as cartas de amigos. Todas essas obrigações eram em todo caso um obstáculo aos passeios e à despreocupação. Sentia-se sempre atrasado, sempre culpado, mesmo quando trabalhava, o que lhe ocorria vez por outra.

Louise estava cada vez mais mobilizada pelas crianças, e esgotava-se fazendo tudo que ele mesmo, em outras circunstâncias, teria podido fazer em casa. Ficava infeliz com isso. Afinal, ele trabalhava por prazer, ela ficava com a parte ruim. Ele percebia isso quando ela ia às compras.

— Telefone! — gritava o mais velho, e Jonas largava o quadro para voltar com o coração em paz e um outro convite.

— É o gás — gritava um empregado para quem uma das crianças abrira a porta.

— Já vou! Já vou!

Quando Jonas deixava o telefone, ou a porta, um amigo, um discípulo, ou às vezes ambos, seguiam-no até a pequena peça para terminar a conversa iniciada. Pouco a pouco, todos se familiarizaram com o corredor. Ficavam ali, conversando entre si, pediam de longe a opinião de Jonas, ou então faziam uma breve irrupção no pequeno cômodo.

— Aqui, pelo menos, podemos vê-lo um pouco, e à vontade — exclamavam os que entravam.

Jonas enternecia-se:

— É verdade — dizia. — A gente acaba não se vendo mais.

Sentia efetivamente que decepcionava aqueles que não encontrava mais, e isso o entristecia. Muitas vezes, tratava-se de amigos que ele teria preferido reencontrar. Mas faltava-lhe tempo, não podia aceitar tudo. Da mesma forma, sua reputação foi prejudicada por isso.

— Ele tornou-se orgulhoso — diziam — depois que obteve sucesso. Não vê mais ninguém.

Ou então:

— Não gosta de ninguém a não ser de si mesmo.

Não, ele gostava de sua pintura, de Louise, das crianças, de Rateau e de outros mais, e simpatizava com todos. Mas a vida é breve, o tempo é pouco, e sua própria energia tinha limites. Era difícil pintar o mundo e os homens e, ao mesmo tempo, conviver com eles. Por outro lado, não podia se queixar nem explicar suas dificuldades. Quando o fazia, davam-lhe tapinhas nos ombros.

— Que felizardo! É o preço da glória!

A correspondência então se acumulava, os discípulos não toleravam nenhum descuido, e agora acorriam pessoas de sociedade que Jonas, aliás, estimava ver interessadas em pintura quando poderiam, como tantas outras, se apaixonar pela família real inglesa ou por pousadas gastronômicas. Na verdade, tratava-se sobretudo de mulheres de sociedade, que tinham no entanto uma grande simplicidade em sua maneira de ser. Não eram elas mesmas que compravam as telas, apenas levavam os amigos à casa do artista na esperança, muitas vezes não realizada, de que eles comprariam em seu lugar. Em compensação, ajudavam Louise, principalmente a preparar o chá para os visitantes. As xícaras passavam de mão em mão, percorriam o corredor, da cozinha ao cômodo maior, e logo voltavam para aterrissar no pequeno estúdio onde Jonas, em meio a um punhado de amigos e visitantes em número suficiente para encher o quarto, continuava a pintar até o momento de descansar os pincéis para pegar, reconhecido, a xícara que uma pessoa fascinante havia enchido especialmente para ele.

Tomava o chá, olhava para o esboço que um discípulo acabava de colocar no seu cavalete, ria com os amigos, interrompia-se para pedir a um deles o favor de despachar o pacote de cartas que havia escrito à noite, ajeitava o segundo filho que havia caído, posava para uma fotografia e:

— Jonas, telefone!

Ele brandia a xícara e, desculpando-se, abria caminho pela multidão que ocupava o corredor, voltava, pintava um canto de quadro, parava para responder à fascinante dama que sim, é claro que faria seu retrato, e voltava para o cavalete. Trabalhava, mas:

— Jonas, uma assinatura!

— Quem é, o carteiro? — perguntava.

— Não, os condenados do Kashmir.

— Está bem, está bem!

Corria então até a porta para receber um jovem amigo dos homens e seu protesto, preocupava-se em saber se se tratava de política, assinava depois de ter sido completamente tranquilizado ao mesmo tempo em que ouvia um sermão sobre os deveres que seus privilégios de artista lhe criavam e ressurgia para que lhe fosse apresentado, sem que nem ao menos conseguisse entender-lhe o nome, um lutador de boxe recentemente vitorioso, ou o maior dramaturgo de um país estrangeiro. O dramaturgo o encarava durante cinco minutos, exprimindo por meio de olhares comovidos o que o seu desconhecimento do francês não lhe permitia dizer mais claramente, enquanto Jonas balançava a cabeça com uma simpatia sincera. Felizmente, essa situação sem saída era solucionada pela irrupção de mais um adorável pregador que desejava ser apresentado ao grande pintor. Jonas dizia-se encantado, apalpava o maço de cartas em seu bolso, tornava a pegar os pincéis, preparava-se para retomar um trecho, mas primeiro devia agradecer o casal de *setters* que lhe traziam naquele momento e colocá-los no quarto conjugal, voltava para aceitar o convite para almoço feito pela doadora, tornava a sair com os gritos de Louise para constatar sem sombra de dúvida que os *setters* não haviam sido treinados para viver em apartamento, e levava-os até o banheiro onde uivavam com tanta perseverança que acabavam não sendo mais ouvidos. De vez em quando, por cima das cabeças, Jonas captava o olhar de Louise e parecia-lhe que esse olhar era triste. Chegava finalmente o fim do dia, os visitantes iam embora, outros se demoravam na peça maior e ficavam olhando enternecidos enquanto Louise preparava as crianças para dormir gentilmente auxiliada por uma grã-fina de chapéu, que desolava-se por ter de voltar logo à sua mansão onde a vida, dispersa em dois andares, era tão menos íntima e calorosa do que na casa dos Jonas.

Numa tarde de sábado, Rateau veio trazer para Louise um engenhoso secador de roupas que podia ser fixado no teto da cozinha. Encontrou o apartamento lotado e, no pequeno cômodo, cercado por especialistas, Jonas pintando a doadora dos cães, enquanto ele mesmo era pintado por um artista oficial. Este, segundo Louise, executava uma encomenda do Estado.

— Será *O Artista trabalhando.*

Rateau se retirou para um canto, a fim de olhar para o amigo, visivelmente absorto em seu esforço. Um dos especialistas, que jamais vira Rateau, inclinou-se para ele:

— Hem, que tal? Ele está com bom aspecto! — disse.

Rateau não respondeu.

— Você pinta — continuou o outro. — Eu também. Pois bem, acredite, ele está caindo.

— Já? — disse Rateau.

— Sim, é o sucesso. Não se resiste ao sucesso. Ele acabou.

— Ele está caindo ou acabou?

— Um artista que cai, acabou. Veja, não tem mais nada a pintar. Ele próprio está sendo pintado e vai ser pregado na parede.

Mais tarde, no meio da noite, no quarto conjugal, Louise, Rateau e Jonas, este de pé, os outros dois sentados num canto da cama, estavam calados. As crianças dormiam, os cães estavam no campo, Louise acabara de lavar a louça numerosa que Jonas e Rateau haviam secado, o cansaço era muito.

— Arranjem uma empregada — havia dito Rateau, diante da pilha de pratos.

Mas Louise perguntou com melancolia:

— Onde iríamos colocá-la?

Então se calavam.

— Está contente? — perguntou subitamente Rateau.

Jonas sorriu, mas tinha um ar cansado.

— Sim, todos são gentis comigo.

— Não — disse Rateau. — Desconfie. Não são todos bons.

— Quem?

— Seus amigos pintores, por exemplo.

— Eu sei — disse Jonas. — Mas muitos artistas ainda são assim. Não têm certeza de existirem, mesmo os maiores. Então, procuram provas, julgam, condenam. Isso os fortalece, é um começo de existência. Eles estão sós!

Rateau sacudia a cabeça.

— Acredite em mim — disse Jonas —, eu os conheço. É preciso gostar deles.

— E você, você existe então? — perguntou Rateau. — Você nunca fala mal de ninguém.

Jonas começou a rir.

— Ah, eu penso nisso muitas vezes. Só que esqueço.

Ficou sério:

— Não, não estou certo de existir. Mas vou existir, tenho certeza disso.

Rateau perguntou a Louise o que ela pensava a respeito. Ela saiu de seu cansaço para dizer que Jonas tinha razão: a opinião dos visitantes não tinha importância. Só o trabalho de Jonas importava. E ela percebia que o filho o incomodava. Aliás, ele estava crescendo, seria preciso comprar um sofá, que ocuparia espaço. Como fazer, enquanto não encontravam um apartamento maior? Jonas olhava para o quarto conjugal. Na verdade, não era o ideal, a cama era grande demais. Mas o quarto ficava vazio o dia todo. Falou sobre isso com Louise, que se pôs a refletir. No quarto, pelo menos, Jonas não seria perturbado: ninguém afinal ousaria deitar-se na cama deles.

— Que acha disso?

Louise, por sua vez, perguntou a Rateau. Este olhava para Jonas. Jonas contemplava as janelas à sua frente. Depois ergueu os olhos para o céu sem estrelas, e foi puxar as cortinas. Quando voltou, sorriu para Rateau e sentou-se junto dele na cama, sem nada dizer. Louise, visivelmente extenuada, declarou que ia tomar uma chuveirada. Quando os dois amigos ficaram a sós, Jonas sentiu o ombro de Rateau tocar o seu. Não olhou para o amigo, mas disse:

— Gosto de pintar. Gostaria de pintar a vida inteira, dia e noite. Isso não é uma sorte?

Rateau olhava para ele com ternura.

— Sim — disse — é uma sorte.

As crianças cresciam e Jonas ficava feliz ao vê-las alegres e cheias de vigor. Iam à aula e voltavam às quatro horas. Jonas podia aproveitar a companhia delas nas tardes de sábado, às quintas-feiras, e também o dia inteiro, durante frequentes e longas férias. Não eram ainda crescidas o bastante para brincarem comportadamente, mas mostravam-se bastante robustas para povoar o apartamento com suas brigas e suas risadas. Era preciso acalmá-las, ameaçá-las e às vezes ameaçar bater nelas. Havia também a roupa de cama para manter limpa, botões para pregar; Louise não dava conta de tudo. Já que não se podia alojar uma empregada, nem mesmo introduzi-la na estreita intimidade em que viviam, Jonas sugeriu que recorressem à ajuda da irmã de Louise, Rose, que ficara viúva e tinha uma filha crescida.

— Sim — disse Louise. — Com Rose, não precisamos nos preocupar. Podemos botá-la para fora quando quisermos.

Jonas regozijou-se com essa solução que aliviaria Louise ao mesmo tempo que sua própria consciência, envergonhada diante do cansaço da mulher. O alívio foi ainda maior, pois a irmã muitas vezes trazia a filha como reforço. Ambas tinham o melhor coração do mundo; a virtude e o desinteresse destacavam-se em seu temperamento honesto. Fizeram o impossível para ajudar o casal e não pouparam tempo. Nisso foram auxiliadas pelo tédio de suas vidas solitárias e pelo bem-estar que encontravam na casa de Louise. Na verdade, tal como fora previsto, ninguém se incomodou e as duas parentas, desde o primeiro dia, sentiram-se realmente em casa. A grande sala se tornou, ao mesmo tempo, sala de jantar, rouparia e creche. O pequeno cômodo onde dormia o caçula servia como depósito das telas e de uma cama de campanha na qual Rose às vezes dormia, quando vinha sem a filha.

Jonas ocupava o quarto do casal e trabalhava no espaço que separava a cama da janela. Bastava apenas esperar que o quarto fosse arrumado, depois do das crianças. Depois ninguém mais vinha perturbá-lo, a não ser para procurar alguma peça de roupa de cama: o único armário da casa ficava nesse quarto. Os visitantes, por sua vez, embora um pouco menos numerosos, tinham adquirido hábitos e, contrariando a expectativa de Louise, não hesitavam em deitar--se na cama do casal para conversar melhor com Jonas. As crianças também vinham beijar o pai.

— Deixa eu ver o retrato.

Jonas lhes mostrava o retrato que estava pintando e beijava-os com carinho. Ao mandá-las sair, sentia que ocupavam todo o espaço de seu coração, plenamente, sem restrições. Privado delas, encontraria somente o vazio e a solidão. Amava-as tanto quanto à sua pintura, porque eram as únicas coisas no mundo tão vivas como ela.

No entanto, Jonas trabalhava menos, sem que conseguisse saber por quê. Era sempre assíduo, mas agora tinha dificuldade em pintar, mesmo nos momentos de solidão. Passava esses momentos olhando para o céu. Sempre fora distraído e absorto, tornou-se sonhador. Pensava na pintura, em sua vocação, em vez de pintar.

— Gosto de pintar — dizia a si mesmo.

E a mão que segurava o pincel caía ao longo de seu corpo, e ele escutava um rádio longínquo.

Enquanto isso, sua reputação caía. Traziam-lhe artigos reticentes, outros ruins, e alguns tão maldosos que sentia o coração apertado. Mas dizia a si próprio que havia também um proveito a tirar desses ataques que o levariam a trabalhar melhor. Aqueles que continuavam a vir tratavam-no com menos deferência, como um velho amigo, com o qual não existe razão para constrangimento. Quando ele queria voltar ao trabalho, diziam:

— Ah, você tem tempo!

Jonas sentia que, de certa forma, já o anexavam à sua própria derrota. Mas, em outro sentido, essa solidariedade nova tinha algo de bom. Rateau dava de ombros.

— Você é muito bobo. Eles não gostam nem um pouco de você.

— Eles me amam um pouco agora — respondeu Jonas. — Um pouco de amor já é muito. Que importa como é obtido!

Continuava então, como podia, a falar, a escrever cartas e a pintar. De vez em quando pintava de verdade, sobretudo no domingo à tarde, quando as crianças saíam com Louise e Rose. À noite, alegrava-se por ter adiantado um pouco o quadro em andamento. Nessa época, ele pintava céus.

No dia em que o *marchand* lhe comunicou que lamentavelmente, em face da sensível queda das vendas, se via obrigado a reduzir sua mensalidade, Jonas concordou, mas Louise demonstrou preocupação. Estavam em setembro, era preciso vestir as crianças para a volta às aulas. Ela mesma pôs mãos à obra, com sua coragem habitual, e logo foi derrotada. Rose, que conseguia fazer consertos e pregar botões, não era costureira. Mas a prima de seu marido era, e veio ajudar Louise. Às vezes, instalava-se no quarto de Jonas, numa cadeira de canto, na qual essa pessoa silenciosa se mantinha, aliás, tranquila. Tão tranquila que Louise sugeriu a Jonas que pintasse uma *Operária*.

— Boa ideia — disse Jonas.

Tentou, estragou duas telas, depois voltou a um céu já iniciado. No dia seguinte, ficou vagando pelo apartamento e pensando, em vez de pintar. Um discípulo veio mostrar-lhe, todo animado, um longo artigo que de outra forma ele não teria lido, e através do qual ele descobriu que sua pintura era ao mesmo tempo supervalorizada e superada: o *marchand* telefonou para falar-lhe outra vez de sua preocupação com a queda das vendas. No entanto, ele continuava a sonhar e a refletir. Disse ao discípulo que havia alguma verdade no artigo, mas que ele, Jonas, podia contar ainda com muitos anos de trabalho. Ao *marchand* respondeu que compreendia sua preocupação, mas que não a compartilhava. Tinha uma grande obra, realmente nova, a fazer; tudo ia recomeçar. Ao falar, sentiu que dizia a verdade e que sua estrela estava ali. Bastava uma boa organização.

Nos dias que se seguiram, tentou trabalhar no corredor, no outro dia no banheiro, com luz elétrica, e no dia seguinte na cozinha. Mas, pela primeira vez, as pessoas que encontrava por toda parte o incomodavam, tanto as que mal conhecia quanto as mais chegadas, que amava. Durante algum tempo, parou de trabalhar e refletiu. Teria pintado uma paisagem se a estação se prestasse a isso. Infelizmente, o inverno ia começar, seria difícil fazer paisagens antes da primavera. Assim mesmo ele tentou, e desistiu: o frio penetrava até em seu coração. Passou vários dias com suas telas, na maioria das vezes sentado perto delas, ou então plantado diante da janela; não pintava mais. Adquiriu então o hábito de sair pela manhã. Fazia planos de esboçar um detalhe, uma árvore, uma casa vista de lado, um perfil visto de passagem. No fim do dia, nada fizera. A menor tentação, os jornais, um encontro, as vitrines, o calor de um café o imobilizavam. Todas as noites, alimentava sem trégua com boas desculpas uma consciência pesada que não o deixava. Ia pintar, certamente, e pintar melhor, depois dessa fase de vazio aparente. A coisa trabalhava dentro dele, eis tudo, a estrela sairia brilhante, toda lavada desses nevoeiros obscuros. Enquanto esperava, não deixava os cafés. Descobrira que o álcool lhe dava a mesma exaltação dos dias de grande trabalho, no tempo em que pensava no seu quadro com a ternura e o calor que só sentira pelos filhos. No segundo conhaque, reencontrava dentro de si a emoção pungente que o fazia ao mesmo tempo mestre e servidor do mundo. Só que gozava essa emoção de modo vazio, com as mãos ociosas, sem empregá-la numa obra. Mas era o que mais se aproximava da alegria para a qual vivia e ele passava agora longas horas sentado, sonhando, em lugares enfumaçados e barulhentos.

Fugia contudo dos lugares e bairros frequentados por artistas. Quando encontrava um conhecido que lhe falava de sua pintura, era tomado de pânico. Era visível que queria fugir, e então fugia. Sabia o que se dizia às suas costas:

— Ele se julga um Rembrandt.

E seu mal-estar aumentava. Não sorria mais, de qualquer forma, e seus antigos amigos tiravam disso uma conclusão singular, porém inevitável:

— Se ele não sorri mais, é porque está muito satisfeito consigo próprio.

Sabendo disso, ele se tornava cada vez mais esquivo e soturno. Bastava entrar num bar e ter a impressão de ser reconhecido por um dos frequentadores para que tudo se obscurecesse dentro dele. Por um instante, ficava parado, tomado pela impotência e por uma estranha tristeza, com o rosto fechado sobre seu desconforto, e também com uma necessidade súbita e ávida de amizade. Pensava no olhar bom de Rateau e saía bruscamente.

— Que cara! — disse alguém um dia, bem junto dele, no momento em que desaparecia.

Só frequentava agora os bairros excêntricos, onde ninguém o conhecia. Lá podia falar, sorrir, sua boa vontade retornava, ninguém exigia nada dele. Fez alguns amigos pouco exigentes. Gostava sobretudo da companhia de um deles, que o servia num restaurante de estação ferroviária onde ia com frequência. Esse garçom lhe havia perguntado "o que fazia da vida".

— Pintor — respondeu Jonas.

— Artista pintor ou pintor de paredes?

— Artista.

— É — dissera o outro —, é difícil.

E não haviam mais abordado a questão. Sim, era difícil, mas Jonas ia sair dessa, logo que descobrisse como organizar seu trabalho.

Ao acaso dos dias e dos copos, teve outros encontros, as mulheres o ajudaram. Podia falar-lhes, antes ou depois do amor, e sobretudo vangloriar-se um pouco, elas o compreendiam mesmo quando não acreditavam. Às vezes, parecia-lhe que sua força antiga voltava. Num dia em que fora encorajado por uma de suas amigas, decidiu-se. Voltou para casa, tentou trabalhar novamente no quarto, já que a costureira estava ausente. Mas depois de uma hora arrumou a tela, sorriu para Louise sem vê-la e saiu. Bebeu o dia todo e passou a noite na casa da amiga, sem aliás ser capaz de desejá-la. De manhã, a dor viva e o rosto destruído, Louise recebeu-o. Queria saber se ele havia possuído essa mulher. Jonas disse que não, por estar bêbado, mas que possuíra outras anteriormente. E pela primeira vez, com o coração dilacerado, viu em Louise o rosto de náufraga provocado pela surpresa e pelo excesso de dor. Descobriu então que não havia pensado nela durante todo esse tempo e sentiu vergonha. Pediu-lhe perdão, aquilo acabara, amanhã tudo recomeçaria como antes. Louise não conseguia falar e virou o rosto para esconder as lágrimas.

No dia seguinte, Jonas saiu muito cedo. Chovia. Quando voltou para casa, ensopado, vinha carregado de tábuas. Em casa, dois velhos amigos, vindos para saber das novidades, tomavam café na sala.

— Jonas está trocando de estilo. Vai pintar em madeira! — disseram.

Jonas sorria:

— Não é isso. Mas estou começando algo novo.

Caminhou até o pequeno corredor que levava ao banheiro, aos lavabos e à cozinha. No ângulo reto formado pelos dois corredores, parou e examinou longamente as paredes altas que se elevavam até o teto escuro. Era preciso um banco, que ele desceu para procurar na casa do porteiro.

Quando tornou a subir, havia mais algumas pessoas em casa e ele teve de lutar contra o afeto de seus visitantes, encantados por reencontrá-lo, e contra as perguntas de sua família para chegar até o fim do corredor. Sua mulher saía nesse momento da cozinha. Jonas, colocando o banco no chão, abraçou-a com força. Louise olhava para ele:

— Por favor, não recomece — disse.

— Não, não — respondeu Jonas. — Vou pintar. Preciso pintar.

Mas parecia falar sozinho, seu olhar estava distante. Começou a trabalhar. Na altura da metade das paredes, construiu um piso para obter uma espécie de jirau estreito, embora alto e profundo. No fim da tarde, tudo estava terminado. Com a ajuda do banco, Jonas pendurou-se então no piso do jirau e, para testar a solidez de seu trabalho, fez algumas trações. Depois misturou-se aos outros, e todos se regozijaram por vê-lo novamente tão afetuoso. À noite, quando a casa ficou relativamente vazia, Jonas pegou um lampião, uma cadeira, um banquinho e uma moldura. Subiu com tudo aquilo para o jirau, sob o olhar intrigado das três mulheres e das crianças.

— Vejam — disse do alto de seu poleiro. — Vou trabalhar sem incomodar ninguém.

Louise perguntou se ele tinha certeza do que dizia.

— Mas é claro que sim — disse —, basta um pouco de espaço. Ficarei mais livre. Houve grandes pintores que pintavam à luz de velas e...

— O piso é sólido o bastante?

Era.

— Fique tranquila — disse Jonas —, é uma solução muito boa.

E tornou a descer.

No dia seguinte, bem cedo, subiu no jirau, sentou-se, colocou a moldura sobre o banquinho, de pé encostada na parede, e esperou sem acender o lampião. Os únicos ruídos que ouvia diretamente vinham da cozinha ou dos lavabos. Os outros barulhos pareciam longínquos e as visitas, os toques da campainha ou do telefone, o vaivém, as conversas chegavam até ele um tanto abafados, como se viessem da rua ou do outro pátio. Além disso, enquanto em todo o apartamento transbordava uma luz crua, a escuridão ali era repousante. De vez em quando, vinha um amigo e se postava debaixo do jirau.

— Que está fazendo aí, Jonas?

— Estou trabalhando.

— Sem luz?

— Sim, por ora.

Não estava pintando, mas meditava. Na escuridão e nesse semissilêncio que, comparado ao que vivera até então, parecia-lhe o silêncio do deserto ou do túmulo, ele escutava o próprio coração. Os ruídos que chegavam até o jirau agora pareciam não lhe dizer respeito embora se dirigissem a ele. Era como esses homens que morrem sozinhos, em casa, em pleno sono, e quando chega a manhã, os telefonemas ecoam na casa deserta, febris e insistentes, em torno de um corpo para sempre surdo. Mas ele vivia, ouvia dentro de si esse silêncio, esperava pela sua estrela, ainda oculta, mas que se preparava para subir de novo, para surgir enfim inalterável, acima da desordem desses dias vazios.

— Brilhe, brilhe — dizia. — Não me prive de sua luz.

Ela ia brilhar novamente, tinha certeza disso. Mas era preciso que refletisse ainda algum tempo, já que afinal lhe era dada a oportunidade de estar só sem se separar dos seus. Precisava descobrir o que não havia ainda compreendido claramente, embora sempre o tivesse sabido, e pintado como se o soubesse. Precisava afinal apoderar-se do segredo que não era apenas o da arte, como bem sabia. Por isso, não acendia o lampião.

Agora, todos os dias, Jonas subia no jirau. Os visitantes tornaram-se mais raros, já que Louise, preocupada, prestava--se cada vez menos a conversas. Jonas descia para as refeições e tornava a subir no poleiro. Ficava imóvel, na escuridão, o dia todo. À noite, reunia-se à mulher já deitada. Depois de alguns dias, pediu a Louise para levar-lhe o almoço, o que ela fez com um cuidado que enterneceu Jonas. Para não incomodá-la em outras ocasiões, sugeriu que ela fizesse algumas provisões que ele armazenaria no jirau. Pouco a pouco, passou a não descer durante o dia. Mas mal tocava em suas provisões.

Certa noite, chamou Louise e pediu alguns cobertores:

— Vou passar a noite aqui.

Louise olhava para ele, com a cabeça inclinada para trás. Abriu a boca, depois calou-se. Limitava-se a examinar Jonas com uma expressão preocupada e triste. Ele viu de repente a que ponto ela envelhecera, e como o cansaço de suas vidas também a atingira profundamente. Pensou então que nunca a ajudara realmente. Mas, antes que pudesse falar, ela sorriu para ele com uma ternura que apertou o coração de Jonas.

— Como quiser, meu querido — disse ela.

A partir daí, passava as noites no jirau, de onde quase não descia mais. A casa esvaziou-se dos visitantes, já que não se conseguia mais ver Jonas nem durante o dia nem à noite. Para alguns, diziam que ele estava fora; para outros, quando se cansavam de mentir, diziam que havia encontrado um estúdio. Apenas Rateau vinha fielmente. Subia no banco, a grande cabeça ultrapassando o nível do piso:

— Tudo bem? — perguntava.

— Não podia estar melhor.

— Está trabalhando?

— É como se estivesse.

— Mas você não tem tela!

— Mesmo assim, estou trabalhando.

Era difícil prolongar esse diálogo do banco ao jirau. Rateau balançava a cabeça, descia, ajudava Louise consertando encanamentos ou fechaduras e depois, sem subir no banco, vinha despedir-se de Jonas, que respondia na escuridão.

— Salve, velho irmão!

Certa noite, Jonas acrescentou um obrigado à sua saudação.

— Obrigado por quê?

— Porque gosta de mim.

— Grande novidade — disse Rateau, e foi embora.

Numa outra noite, Jonas chamou Rateau, que logo acorreu. O lampião estava aceso pela primeira vez. Jonas se inclinava, com uma expressão ansiosa, para fora do jirau.

— Passe-me uma tela — disse.

— Mas o que aconteceu a você? Emagreceu, parece um fantasma.

— Há alguns dias que quase não como. Não é nada, preciso trabalhar.

— Coma primeiro.

— Não, não estou com fome.

Rateau trouxe uma tela. No momento de desaparecer no jirau, Jonas perguntou-lhe:

— Como estão eles?

— Quem?

— Louise e as crianças.

— Vão bem. Iriam melhor se você estivesse com eles.

— Não vou deixá-los. Diga-lhes, acima de tudo, que não vou deixá-los.

E desapareceu. Rateau falou de sua preocupação a Louise. Ela lhe confessou que ela mesma se atormentava há vários dias.

— Como fazer? Ah, se eu pudesse trabalhar no lugar dele.

Infeliz, ela encarava Rateau.

— Não consigo viver sem ele — disse.

Tinha novamente o seu rosto de moça, o que surpreendeu Rateau. Ele se deu conta então de que ela enrubescera.

O lampião ficou aceso durante toda a noite e toda a manhã do dia seguinte. Aos que vinham, Rateau ou Louise, Jonas respondia apenas:

— Deixe, estou trabalhando.

Ao meio-dia, pediu óleo. A luz do lampião, que morria, reluziu novamente com um brilho vivo até a noite. Rateau ficou para jantar com Louise e as crianças. À meia-noite, despediu-se de Jonas. Diante do jirau sempre iluminado, esperou um momento e depois saiu, sem nada dizer. Na manhã do segundo dia, quando Louise se levantou, o lampião ainda estava aceso.

Começava um belo dia, mas Jonas não se dava conta disso. Virara a tela para a parede. Esgotado, esperava, sentado, com as mãos espalmadas sobre os joelhos. Dizia a si mesmo que de agora em diante nunca mais trabalharia, estava feliz. Ouvia os resmungos dos seus filhos, os ruídos de água, o tilintar da louça. Louise falava. As grandes vidraças vibravam com a passagem de um caminhão na rua. O mundo ainda estava ali, a jovem, adorável: Jonas escutava o belo rumor que os homens fazem. De tão longe, esse ruído não contrariava a força alegre que havia nele, sua arte, esses pensamentos que não conseguia exprimir, para sempre silenciosos, mas que o colocavam acima de todas as coisas, num ar livre e vivo. As crianças corriam pelos quartos, a garotinha ria, agora Louise também, cujo riso ele não ouvia há tanto tempo. Ele os amava! Como os amava! Apagou o lampião e, na escuridão que voltara, ali, não era a sua estrela que continuava a brilhar? Era ela, ele a reconhecia, com o coração cheio de gratidão, e ainda olhava para ela quando caiu, sem fazer ruído.

— Não é nada — declarava pouco depois o médico que fora chamado. — Está trabalhando demais. Em uma semana, estará de pé.

— Tem certeza de que vai ficar bom? — perguntava Louise, com o rosto desfeito.

— Vai ficar bom.

No outro cômodo, Rateau olhava para a tela, inteiramente branca, no centro da qual Jonas escrevera apenas, com letra muito pequena, uma palavra que se podia decifrar, mas não se podia saber ao certo se era *solitário* ou *solidário*.

A PEDRA QUE CRESCE

Pesadamente, o carro fez a curva na pista de barro, agora lamacenta. De repente faróis brilharam na noite, de um lado da estrada, e depois do outro, fazendo aparecer dois barracões de madeira cobertos de zinco. Perto do segundo, à direita, distinguia-se, na bruma ligeira, uma torre construída com vigas grosseiras. Do topo da torre saía um cabo metálico, invisível na base, mas que cintilava à medida que descia iluminado pela luz dos faróis para desaparecer por trás do declive que cortava a estrada. O carro reduziu a marcha e parou a alguns metros dos barracões.

O homem que saltou do carro, à direita do motorista, teve dificuldade em passar pela porta. Uma vez de pé, vacilou um pouco sobre o grande corpo de gigante. Na área escura junto ao carro, enfraquecido pelo cansaço, apoiado pesadamente sobre o chão, parecia escutar a marcha lenta do motor. Depois caminhou em direção ao declive e entrou no cone de luz dos faróis. Deteve-se no topo da encosta, as costas enormes desenhadas na noite. Instantes depois, virou-se. A face negra do motorista reluzia acima do painel e sorria. O homem fez um sinal; o motorista desligou o motor. Logo um grande silêncio fresco caiu sobre a pista e a floresta. Ouviu-se então o ruído das águas.

O homem olhava para o rio, no nível inferior, assinalado apenas por um grande movimento obscuro, constelado de pontos brilhantes. Lá longe, do outro lado, uma noite mais densa e fixa devia ser a margem. Olhando bem, no entanto, percebia-se nessa margem imóvel uma chama amarelada, como um lampião longínquo. O gigante se virou em direção ao carro e aquiesceu. O motorista apagou os faróis, acendeu-os, e depois fê-los piscar regularmente. No declive, o homem aparecia, desaparecia, maior e mais maciço a cada ressurreição. De repente, do outro lado do rio, na extremidade de um braço invisível, uma lanterna elevou-se várias vezes no ar. A um último sinal do vigia, o motorista apagou definitivamente os faróis. Carro e homem desapareceram na noite. Com os faróis apagados, o rio ficava quase visível, ou pelo menos alguns de seus longos músculos líquidos que brilhavam de vez em quando. De ambos os lados da estrada, desenhavam-se no céu massas sombrias da floresta que pareciam muito próximas. A chuva miúda que havia encharcado a pista uma hora antes ainda flutuava no ar morno, tornando pesado o silêncio e a imobilidade dessa grande clareira no meio da floresta virgem. No céu negro tremiam estrelas embaçadas.

Mas da outra margem vieram ruídos de correntes e de ondas quebrando, abafadas. Por cima do barracão, à direita do homem que continuava esperando, o cabo esticou-se. Um rangido surdo começou a percorrê-lo, ao mesmo tempo em que se elevava do rio um ruído, vasto e fraco, de águas revoltas. O rangido se equilibrou, o ruído de águas aumentou, depois tornou-se preciso, ao mesmo tempo em que a lanterna crescia. Agora, distinguia-se nitidamente o halo amarelado que a cercava. Este dilatou-se pouco a pouco e encolheu novamente, enquanto a lanterna brilhava através da bruma e começava a iluminar, acima dele e à sua volta, uma espécie de telhado quadrado de palmas secas, sustentado nos quatro cantos por grandes bambus. Esse alpendre grosseiro, em torno do qual se agitavam sombras confusas, avançava lentamente em direção à margem. Já quase no meio do rio, foi possível ver nitidamente, recortados na luz amarela, três homens pequenos sem camisa, quase pretos, com chapéus cônicos na cabeça. Mantinham-se imóveis sobre as pernas ligeiramente afastadas, o corpo um pouco curvado para compensar a poderosa correnteza do rio que batia com todas as suas águas invisíveis nos flancos de uma grande jangada grosseira que, por último, surgiu da noite e das águas. Quando a embarcação se aproximou ainda mais, o homem distinguiu atrás do alpendre dois negros grandes, com chapéus de palha igualmente grandes e vestidos apenas com uma calça de algodão tingido. Lado a lado, colocavam todo o peso de seus músculos sobre as varas que penetravam lentamente no rio, em direção à parte de trás da jangada, enquanto os negros, com o mesmo movimento lento, inclinavam-se acima das águas até o limite do equilíbrio. Na frente, os três mulatos, imóveis, silenciosos, olhavam a margem se aproximar sem erguer os olhos para quem os esperava.

A embarcação bateu de repente na extremidade do deque que avançava rio adentro e que a lanterna, oscilante sob o impacto, acabara de revelar. Os grandes negros se imobilizaram, com as mãos acima da cabeça, agarrados à extremidade das varas que mal entravam na água, mas com os músculos retesados e percorridos por um estremecimento contínuo que parecia vir da própria água e de seu empuxo. Os outros barqueiros atiraram correntes em volta dos tocos de madeira do cais, pularam sobre as tábuas e baixaram uma espécie de ponte levadiça grosseira, que cobriu com uma passarela a dianteira da jangada.

O homem voltou para o carro, onde se instalou enquanto o motorista ligava o motor. O carro começou a subir lentamente a encosta, apontou o capô para o céu, depois abaixou-o na direção do rio e começou a subir. Com o freio puxado, o carro andava, deslizava um pouco na lama, parava, tornava a partir. Entrou no deque com um ruído de tábuas que saltam, chegou à extremidade onde os mulatos, sempre silenciosos, haviam se postado de cada lado, e mergulhou suavemente em direção à jangada. Esta cedeu um pouco quando as rodas da frente a atingiram e logo tornou a subir para receber todo o peso do carro. Em seguida o motorista deixou sua máquina deslizar até a parte de trás, diante do teto quadrado do qual pendia a lanterna. Logo os mulatos recolheram a passarela e pularam, num só movimento, para a embarcação, afastando-a ao mesmo tempo da margem lamacenta. O rio corcoveou sob a jangada e levantou-a sobre a superfície da água onde deslizou lentamente amarrada ao longo cabo que corria agora no céu. Os negros grandes então relaxaram e recolheram as varas. O homem e o motorista saíram do carro e vieram imobilizar-se na beira da jangada, na parte de trás. Ninguém falara durante a manobra e, mesmo agora, todos se mantinham nos seus lugares, imóveis e silenciosos, a não ser um dos pretos que enrolava um cigarro num papel grosseiro.

O homem olhava para a abertura por onde o rio surgia em meio à grande floresta brasileira e descia em sua direção. Com várias centenas de metros de largura nesse ponto, ele comprimia águas turbulentas e sedosas contra o flanco da embarcação e depois, liberado nas duas extremidades, ultrapassava-a e tornava a virar uma única vaga poderosa que corria suavemente, através da floresta obscura, em direção ao mar e à noite. Um cheiro insípido, vindo da água ou do céu esponjoso, flutuava no ar. Ouvia-se o murmúrio das águas pesadas sob a embarcação e, das duas margens, chegava o coaxar espaçado dos sapos ou estranhos gritos de pássaros. O gigante se aproximou do motorista. Pequeno e magro, encostado numa das colunas de bambu, ele tinha as mãos enfiadas nos bolsos de um macacão outrora azul, agora coberto com a poeira vermelha que haviam enfrentado durante todo o dia. Com um sorriso satisfeito no rosto todo enrugado, apesar da juventude, olhava sem ver as estrelas esgotadas que ainda nadavam no céu úmido.

Mas os gritos dos pássaros se tornaram mais nítidos, misturando-se a chalreadas desconhecidas, e logo o cabo se pôs a ranger. Os negros grandes mergulharam as varas na água e tatearam, como cegos, em busca do fundo. O homem se virou em direção à margem que acabavam de deixar. Esta agora estava recoberta pela noite e pelas águas, imensa e bravia como o continente de árvores que estendia-se por milhares de quilômetros. Entre o oceano bem próximo e esse mar vegetal, o punhado de homens que navegava àquela hora num rio selvagem parecia perdido. Quando a jangada se chocou com o novo deque, foi como se, rompidas todas as amarras, abordasse uma ilha nas trevas, após dias de navegação aterrorizada.

Em terra, ouviu-se afinal a voz dos homens. O motorista acabara de pagar-lhes e, com uma voz estranhamente alegre na noite pesada, saudavam em português o veículo que recomeçava a andar.

— Disseram que são sessenta os quilômetros para Iguape. Você anda três horas e acabou. Sócrates está contente — disse o motorista.

O homem riu, um riso bom, alto e caloroso, que se parecia com ele.

— Eu também, Sócrates, estou contente. A trilha está dura.

— Pesado demais, Sr. d'Arrast, você é pesado demais — e o motorista ria também, sem conseguir parar.

A velocidade do carro aumentara um pouco. Ele corria por entre altos muros de árvores e de vegetação impenetrável, em meio a um cheiro preguiçoso e doce. Os voos entrecruzados de vaga-lumes atravessavam sem parar a escuridão da floresta e, de vez em quando, pássaros de olhos vermelhos vinham se chocar por um instante no para-brisa. Às vezes, um rugir estranho chegava até eles das profundezas da noite e o motorista olhava para o vizinho revirando comicamente os olhos.

A estrada dava voltas e mais voltas, atravessava pequenos riachos sobre pontes de tábuas oscilantes. Uma hora depois, a bruma começou a tornar-se mais espessa. Uma chuva fria, que dissolvia a luz dos faróis, começou a cair. D'Arrast, apesar dos solavancos, estava meio adormecido. Não estavam mais na floresta úmida, mas novamente nas estradas da serra que haviam tomado pela manhã, ao sair de São Paulo. Incessantemente, a poeira vermelha subia das pistas de terra, cujo gosto ainda traziam na boca e que, de ambos os lados, até onde a vista alcançava, recobria a vegetação escassa da estepe. O sol pesado, as montanhas pálidas e cheias de barrancos, os zebus esfomeados encontrados nas estradas tendo por única escolta um voo cansado de urubus depenados, a longa, longa viagem através de um deserto vermelho... Teve um sobressalto. O carro parara. Estavam agora no Japão: de cada lado da estrada, casas de aparência frágil e, nas casas, quimonos furtivos. O motorista estava falando com um japonês de macacão sujo, com um chapéu de palha brasileiro. Então o veículo tornou a partir.

— Ele disse só quarenta quilômetros.

— Onde estávamos? Em Tóquio?

— Não, Registro. Em nosso país, todos os japoneses vêm para cá.

— Por quê?

— Não se sabe. São amarelos, sabe, Sr. d'Arrast.

Mas a floresta clareava um pouco, a estrada se tornava mais fácil, embora escorregadia. O carro derrapava na areia. Pela janela, entrava um sopro úmido, morno, um pouco azedo.

— Está sentindo? — disse o motorista, com voracidade — é o velho mar. Logo, logo Iguape.

— Se tivermos gasolina suficiente — disse d'Arrast. E voltou a adormecer tranquilamente.

De manhã bem cedo, d'Arrast, sentado na cama, olhava com espanto para a sala onde acabava de acordar. As paredes grandes tinham sido recentemente caiadas de marrom até a metade. Mais acima, haviam sido pintadas de branco numa época longínqua e crostas amareladas recobriam-nas até o teto. Havia duas fileiras de seis camas, uma diante da outra. D'Arrast via apenas uma cama desfeita na extremidade de sua fileira, e estava vazia. Mas ouviu ruídos à esquerda e virou-se em direção à porta, onde estava Sócrates, segurando uma garrafa de água mineral em cada mão e rindo.

— Lembrança feliz — dizia.

D'Arrast se sacudiu. Sim, o hospital onde o prefeito os alojara na véspera chamava-se "Lembrança Feliz".

— Lembrança certa — continuava Sócrates. — Disseram-me primeiro construir o hospital, mais tarde construir a água. Enquanto espera, lembrança feliz, tome água gasosa para se lavar.

Desapareceu, rindo e cantando, sem sombra de cansaço, aparentemente, por causa dos espirros cataclísmicos que o haviam sacudido durante toda a noite e impedido d'Arrast de fechar os olhos.

Agora, d'Arrast estava totalmente desperto. Através das janelas gradeadas diante dele, distinguia um pequeno pátio de terra vermelha, molhado pela chuva que escorria sem ruído sobre um buquê de grandes aloés. Uma mulher passava, usando um lenço amarelo na cabeça. D'Arrast tornou a deitar-se, mas logo ergueu-se e saiu da cama que afundava e gemia sob seu peso. Sócrates entrava naquele momento.

— Sua vez, Sr. d'Arrast. O prefeito espera lá fora.

Mas diante da expressão de d'Arrast:

— Fique tranquilo, ele nunca tem pressa.

Barbeado com água mineral, d'Arrast saiu para o saguão do pavilhão. O prefeito, que tinha o tamanho e, debaixo dos óculos de aro de ouro, a cara de uma lontra amável, parecia absorto numa melancólica contemplação da chuva. Mas um sorriso extasiado o transfigurou assim que viu d'Arrast. Empertigando o pequeno corpo adiantou-se e tentou envolver nos braços o tronco do "Senhor engenheiro". No mesmo instante, um carro freou diante deles, do outro lado do pequeno muro do pátio, derrapou no barro molhado e parou de lado.

— O juiz — disse o prefeito.

O juiz, assim como o prefeito, estava de azul-marinho. Mas era muito mais jovem ou, pelo menos, aparentava-o devido ao porte elegante e ao rosto fresco de adolescente espantado. Atravessou o pátio em direção a eles, evitando as poças d'água com muita graça. A alguns passos de d'Arrast, já estendia os braços e desejava-lhe as boas-vindas. Sentia-se orgulhoso em acolher o Sr. engenheiro, era uma honra para a sua pobre cidade, rejubilava-se pelo inestimável serviço que o Sr. engenheiro ia prestar a Iguape com a construção dessa pequena represa que evitaria a inundação periódica dos bairros mais baixos. Comandar as águas, domar os rios, ah, que grande profissão, e certamente o povo pobre de Iguape guardaria o nome do Sr. engenheiro por muitos anos ainda, incluindo-o em suas orações. D'Arrast, vencido por tanto encanto e eloquência, agradeceu e não ousou mais perguntar a si mesmo o que um juiz tinha a ver com uma represa. Aliás, era preciso, segundo o prefeito, dirigir-se ao clube onde as autoridades desejavam receber condignamente o Sr. engenheiro, antes de visitarem os bairros baixos. Quem eram as autoridades?

— Bem — disse o prefeito —, eu próprio, na qualidade de prefeito, o Sr. Carvalho, aqui presente, o capitão do porto, e alguns outros menos importantes. Aliás, não precisa se preocupar com eles, pois não falam francês.

D'Arrast chamou Sócrates e disse-lhe que se encontrariam no final da manhã.

— Sim — disse Sócrates. — Irei ao Jardim da Fonte.

— Jardim?

— Sim, todo mundo conhece. Não tenha medo, Sr. d'Arrast.

D'Arrast percebeu, ao sair, que o hospital fora construído na orla da floresta, cujas folhagens maciças quase encostavam nos telhados. Sobre toda a superfície das árvores caía agora um véu de água fina que a floresta espessa absorvia sem ruído, como uma enorme esponja. A cidade, cerca de umas cem casas cobertas de telhas de cores desbotadas, estendia-se entre a floresta e o rio, cujo sopro longínquo chegava até o hospital. O carro seguiu por ruas molhadas e logo desembocou numa praça retangular, bastante grande, que conservava no barro vermelho, entre inúmeras poças, marcas de pneus, de rodas de ferro e de tamancos. Em toda a volta, as casas baixas, cobertas de chapisco colorido, fechavam a praça atrás da qual distinguiam-se as duas torres redondas de uma igreja azul e branca, de estilo colonial. Nesse cenário nu flutuava, vindo do estuário, um cheiro de sal. No meio da praça vagavam algumas silhuetas molhadas. Ao longo das casas, uma multidão variada, gaúchos, japoneses, índios mestiços e autoridades elegantes, cujos ternos escuros pareciam exóticos aqui, circulava com passos curtos e gestos vagarosos. Estacionavam sem pressa, para dar passagem ao carro, depois paravam e seguiam-no com o olhar. Quando o carro parou diante de uma das casas da praça, formou-se silenciosamente à sua volta uma roda de gaúchos úmidos.

No clube, uma espécie de bar pequeno no primeiro andar, mobiliado com um balcão de bambu e mesinhas de metal, os dignitários eram muitos. Bebeu-se cachaça em homenagem a d'Arrast, depois que o prefeito, de copo na mão, lhe desejou as boas-vindas e toda a felicidade do mundo. Mas enquanto d'Arrast bebia, junto à janela, um sujeito grandalhão e desengonçado, de calça de montaria e perneiras, cambaleando um pouco, veio fazer-lhe um discurso rápido e obscuro no qual o engenheiro reconheceu apenas a palavra "passaporte". Ele hesitou, depois pegou o documento que o outro tomou-lhe vorazmente. Após folhear o passaporte, o grandalhão manifestou um evidente mau humor. Retomou o discurso, sacudindo o documento no nariz do engenheiro, que, sem se perturbar, contemplava o furioso. Nesse momento, o juiz, sorrindo, veio perguntar do que se tratava. O bêbado examinou por um momento a frágil criatura que ousava interrompê-lo e depois, cambaleando de forma mais perigosa, sacudiu o passaporte diante dos olhos de seu novo interlocutor. D'Arrast, calmamente, sentou-se perto de uma mesa e esperou. O diálogo se tornou muito agitado, e, de repente, o juiz soltou uma voz retumbante, que não se teria suspeitado nele. Sem aviso prévio, o grandalhão de repente bateu em retirada com um ar de criança apanhada em flagrante. A uma última ordem do juiz, dirigiu-se até a porta, com um passo oblíquo de mau aluno castigado, e desapareceu.

O juiz veio logo explicar a d'Arrast, com uma voz novamente harmoniosa, que aquele personagem grosseiro era o chefe de polícia, que ousava afirmar que o passaporte não estava em ordem e que seria punido por isso. O Sr. Carvalho dirigiu-se em seguida às autoridades, que formavam um círculo, e pareceu interrogá-las. Após uma breve discussão, o juiz manifestou suas desculpas solenes a d'Arrast, pediu-lhe que considerasse que só a embriaguez podia explicar um tal esquecimento do respeito e reconhecimento que toda a cidade de Iguape lhe devia e, para terminar, pediu-lhe o favor de decidir ele próprio o castigo que conviria infligir ao calamitoso personagem. D'Arrast disse que não queria castigos, que era um incidente sem importância e que, antes de mais nada, tinha pressa em ir até o rio. O prefeito tomou então a palavra para afirmar com afetuosa pachorra que um castigo, na verdade, era indispensável, que o culpado ficaria detido e que esperariam todos juntos que o eminente visitante decidisse o seu destino. Nenhum protesto conseguiu comover esse rigor sorridente, e d'Arrast teve que prometer que refletiria. Decidiram, em seguida, visitar os bairros baixos.

O rio já despejava suas águas amareladas sobre as margens baixas e escorregadias. Haviam deixado para trás as últimas casas de Iguape e encontravam-se entre o rio e um barranco escarpado, onde se penduravam choupanas de taipa e de ramagens. Diante deles, na extremidade do aterro, a floresta recomeçava, sem transição, como sobre a outra margem. Mas a abertura das águas se alargava rapidamente entre as árvores até uma linha indistinta, um pouco mais cinzenta que amarela, que era o mar. D'Arrast, sem nada dizer, caminhou até o barranco, em cujo flanco os diferentes níveis das enchentes haviam deixado marcas ainda frescas. Uma trilha lamacenta subia em direção às choupanas. Diante delas, estavam postados vários negros silenciosos, olhando os recém-chegados. Havia alguns casais de mãos dadas e, bem na borda do aterro, diante dos adultos, uma fileira de pretinhos muito novos, de barrigas inchadas e coxas finas, arregalava os olhos redondos.

Ao chegar diante das choupanas, d'Arrast chamou com um gesto o comandante do porto. Tratava-se de um grande negro sorridente trajando uniforme branco. D'Arrast perguntou-lhe em espanhol se era possível visitar uma choupana. O comandante tinha certeza que sim, achava até que era uma boa ideia, e o Sr. engenheiro ia ver coisas muito interessantes. Dirigiu-se aos negros, falando demoradamente, apontando para d'Arrast e para o rio. Os outros escutavam, sem dizer uma palavra. Quando o comandante terminou, ninguém se mexeu. Ele tornou a falar, com uma voz impaciente. Depois, interpelou um dos homens, que sacudiu a cabeça. O comandante disse então algumas palavras breves num tom imperativo. O homem se desligou do grupo, encarou d'Arrast e, com um gesto, mostrou-lhe o caminho. Mas seu olhar era hostil. Era um homem bastante idoso, a cabeça coberta por uma carapinha grisalha, o rosto fino e envelhecido, mas o corpo ainda jovem, os ombros duros e secos e os músculos visíveis sob a calça de lona e a camisa rasgada. Eles se aproximaram, seguidos pelo comandante e pela multidão de negros, e escalaram um novo barranco mais inclinado, em que os casebres de barro, de ferro e de cana se agarravam com tanta dificuldade ao solo que fora necessário consolidar sua base com grandes pedras. Cruzaram com uma mulher que descia pelo atalho, escorregando por vezes com os pés descalços, carregando bem alto na cabeça uma lata de ferro cheia de água. Depois, chegaram a uma espécie de pequena praça delimitada por três barracos. O homem caminhou até um deles e empurrou uma porta de bambu cujas dobradiças eram feitas de cipó. Manteve-se um pouco afastado, sem nada dizer, encarando o engenheiro com o mesmo olhar impassível. No barraco, d'Arrast a princípio viu apenas uma fogueira que se extinguia, no próprio chão, exatamente no centro do cômodo. Em seguida, distinguiu num canto, ao fundo, uma cama de cobre com um colchão nu e acabado, no outro canto uma mesa coberta de louça de barro e, entre as duas, uma espécie de cavalete exibindo uma gravura representando São Jorge. Quanto ao resto, nada mais era que um monte de farrapos, à direita da entrada, e, no teto, algumas cangas multicoloridas que secavam ao calor do fogo. D'Arrast, imóvel, respirava o cheiro de fumaça e de miséria que vinha do chão e que o sufocava. Às suas costas, o comandante batia palmas. O engenheiro se virou e, na soleira, contra a luz, viu apenas chegar a graciosa silhueta de uma moça negra que lhe estendia algo: pegou o copo e bebeu a espessa cachaça que continha. A moça estendeu-lhe a bandeja para receber o copo vazio e saiu com um movimento tão leve e vivo que de repente d'Arrast teve vontade de retê-la.

Mas, saindo logo atrás dela, não a reconheceu na multidão de negros e de autoridades que se aglomerara em volta do barraco. Agradeceu ao velho, que se inclinou sem uma palavra. Depois foi embora. O comandante, atrás dele, retomava as explicações, perguntava quando a Sociedade Francesa do Rio poderia começar as obras e se a represa poderia ser construída antes das grandes chuvas. D'Arrast não sabia, na verdade nem pensava nisso. Descia na direção do rio fresco, sob a chuva impalpável. Continuava escutando o grande ruído espaçoso que não deixara de ouvir desde sua chegada, e que seria impossível dizer se vinha das águas ou das árvores. Chegando à margem, olhava ao longe a linha indecisa do mar, os milhares de quilômetros de águas solitárias e a África, e, mais além, a Europa de onde ele vinha.

— Comandante — perguntou —, de que vive essa gente que acabamos de ver?

— Trabalham quando temos necessidade deles — disse o comandante. — Somos pobres.

— Esses são os mais pobres?

— São os mais pobres.

O juiz, que chegava naquele momento arrastando ligeiramente os sapatos finos, disse que eles já gostavam do Sr. engenheiro que lhes ia dar trabalho.

— E o senhor sabe — disse —, eles dançam e cantam todos os dias.

Depois, sem transição, perguntou a d'Arrast se havia pensado no castigo.

— Que castigo?

— Bem, o nosso chefe de polícia.

— Deixe-o.

O juiz disse que não seria possível e que era preciso punir. D'Arrast já caminhava em direção a Iguape.

No pequeno Jardim da Fonte, misterioso e suave sob a chuva fina, cachos de flores estranhas desciam pelos cipós entre as bananeiras e as palmeiras. Montes de pedras úmidas marcavam o cruzamento dos caminhos onde, àquela hora, circulava uma multidão multicolorida. Ali, mestiços, mulatos, alguns gaúchos tagarelavam em voz baixa ou se embrenhavam, com o mesmo passo lento, pelas alamedas de bambu até o lugar em que a mata se tornava mais densa, e depois impenetrável. Lá, sem transição, começava a floresta.

D'Arrast procurava Sócrates no meio da multidão quando recebeu um tapa nas costas.

— Tem festa — disse Sócrates rindo, e apoiava-se nos ombros altos de d'Arrast para pular sem sair do lugar.

— Que festa?

— Ah — espantou-se Sócrates, que agora encarava d'Arrast —, você não conhece? A festa do Bom Jesus. Todo ano, todos vêm à gruta com o martelo.

Sócrates mostrava não uma gruta, mas um grupo que parecia esperar algo num canto do jardim.

— Está vendo! Um dia, a boa estátua de Jesus, ela chegou do mar, subindo o rio. Os pescadores encontraram. Que linda! Que linda! Então eles lavaram aqui na gruta. E agora cresceu uma pedra na gruta. Todo ano tem festa. Com o martelo, você quebra, vai quebrando pedaços para a felicidade abençoada. E depois disso ela continua a crescer, e você continua a quebrar. É o milagre.

Tinham chegado à gruta, cuja entrada baixa distinguiam por cima dos homens que esperavam. No interior, na escuridão manchada pelas chamas trêmulas das velas, uma forma acocorada batia nesse momento com um martelo. O homem, um gaúcho magro, de bigodes compridos, levantou-se e saiu, segurando na palma da mão à vista de todos um pequeno pedaço de xisto úmido em torno do qual, alguns segundos depois, voltou a fechar a mão com cuidado, antes de afastar-se. Então, abaixando-se, um outro homem entrou na gruta.

D'Arrast virou-se. À sua volta, os romeiros esperavam, sem olhar para ele, impassíveis sob a água que descia das árvores, em finos véus. Ele também esperava, diante da gruta, sob a mesma bruma de água, e não sabia o quê. Na verdade, não parava de esperar há um mês, desde que chegara a esse país. Esperava, no calor rubro dos dias úmidos, sob as estrelas miúdas da noite, apesar de suas tarefas, das represas a serem construídas, das estradas a serem abertas, como se o trabalho que viera executar fosse apenas um pretexto, a oportunidade de uma surpresa ou de um encontro que ele nem mesmo imaginava, mas que o teria esperado, pacientemente, no fim do mundo. Ele se sacudiu, afastou-se sem que ninguém no pequeno grupo notasse e dirigiu-se para a saída. Era preciso voltar para o rio e trabalhar.

Mas Sócrates esperava por ele na porta, perdido numa conversa volúvel com um homenzinho gordo e forte, de pele mais amarela que negra. O crânio completamente raspado aumentava ainda mais sua testa de bela curvatura. Seu rosto liso e largo era coberto por uma barba muito preta, cortada como quadrada.

— Aquele ali, campeão! — disse Sócrates, como apresentação. — Amanhã, ele faz a procissão.

O homem, vestido com roupa de marinheiro de sarja grossa, uma camiseta de listras azuis e brancas sob a túnica, examinava d'Arrast atentamente, com os olhos negros e tranquilos. Sorria, ao mesmo tempo um sorriso largo, os dentes brancos por entre os lábios cheios.

— Ele fala espanhol — disse Sócrates, e, voltando-se para o desconhecido:

— Conte ao Sr. d'Arrast.

Depois foi embora, gingando, em direção a outro grupo. O homem parou de sorrir e olhou d'Arrast com franca curiosidade.

— Isso interessa, Capitão?

— Não sou capitão — disse d'Arrast.

— Não tem importância. Mas é um fidalgo. Sócrates me disse.

— Eu, não. Meu avô é que era fidalgo. O pai dele também e todos os outros antes do pai dele. Agora, não há mais senhores feudais em nosso país.

— Ah! — disse o negro, rindo — estou entendendo, todos são fidalgos.

— Não, não é isso. Não há nem senhores nem povo.

O outro refletia, e depois decidiu-se:

— Ninguém trabalha, ninguém sofre?

— Sim, milhões de homens.

— Então, é o povo.

— Nesse sentido sim, há um povo. Mas os seus donos são os policiais ou os comerciantes.

O rosto benevolente do mulato se fechou. Depois ele resmungou:

— Hum! Comprar e vender, hein? Que sujeira! E com a polícia, esses cachorros mandam.

Sem transição, deu uma gargalhada.

— E você, não vende?

— Quase nada. Faço pontes, estradas.

— Isso é bom. Eu sou cozinheiro de um navio. Se quiser, faço nosso prato de feijão-preto para você.

— Gostaria muito.

O cozinheiro se aproximou de d'Arrast e tomou-lhe o braço.

— Escute, gosto do que você diz. Vou lhe dizer também. Talvez você goste.

Arrastou-o até a entrada, para um banco de madeira úmida, junto a um emaranhado de bambus.

— Eu estava no mar, na costa de Iguape, num pequeno petroleiro que faz cabotagem para abastecer os portos da costa. Houve fogo a bordo. Não foi culpa minha, eu conheço o meu trabalho! Não, que azar! Conseguimos colocar os botes na água. À noite, o mar subiu, o bote virou, eu afundei. Quando subi, bati com a cabeça no bote. Fiquei perdido. A noite estava escura, o mar é grande, e além disso eu nado mal, estava com medo. De repente, vi uma luz ao longe, reconheci a cúpula da igreja do Bom Jesus de Iguape. Então,

152

disse ao Bom Jesus que carregaria na procissão uma pedra de cinquenta quilos na cabeça se ele me salvasse. Você não acredita, mas as águas se acalmaram e meu coração também. Nadei calmamente, estava feliz, e cheguei à costa. Amanhã, vou cumprir minha promessa.

Olhou para d'Arrast, com um ar subitamente desconfiado.

— Não ria, hein?

— Não estou rindo. É preciso fazer o que se prometeu.

O outro lhe deu um tapa no ombro.

— Agora, venha até a casa do meu irmão, perto do rio. Vou cozinhar feijão para você.

— Não — disse d'Arrast —, tenho muito o que fazer. Se quiser, pode ser esta noite.

— Está bem. Mas esta noite, a gente dança e reza, no barracão. É a festa de São Jorge.

D'Arrast perguntou-lhe se ele também dançava. O rosto do cozinheiro endureceu de repente, seus olhos desviaram-se pela primeira vez.

— Não, não, não vou dançar. Amanhã, preciso carregar a pedra. Ela é pesada. Irei esta noite para festejar o santo. Depois, sairei cedo.

— Demora muito?

— A noite toda, e um pouco de manhã.

Olhou para d'Arrast com um ar vagamente envergonhado.

— Venha à dança. Depois você me leva. Senão vou ficar, vou dançar, talvez não consiga evitar.

— Você gosta de dançar?

Os olhos do cozinheiro brilharam com uma espécie de gula.

— Ah, sim, gosto. E depois há os charutos, os santos, as mulheres. A gente esquece tudo, não obedece mais.

— Há mulheres? Todas as mulheres da cidade?

— Da cidade não, mas dos barracos.

O cozinheiro reencontrou o sorriso.

— Venha. Ao capitão, eu obedeço. E você me ajudará a cumprir a promessa amanhã.

D'Arrast sentiu-se vagamente irritado. Que lhe importava essa absurda promessa? Mas olhou para o belo rosto aberto que lhe sorria com confiança e cuja pele negra reluzia de saúde e vida.

— Eu irei — disse. — Agora, vou acompanhá-lo um pouco.

Sem saber por que, revia ao mesmo tempo a moça negra apresentando-lhe a oferenda de boas-vindas.

Saíram do jardim, caminharam ao longo de algumas ruas lamacentas e chegaram à praça em ruínas, que a pequena altura das casas ao redor fazia parecer ainda mais vasta. Sobre o chapisco dos muros, a umidade escorria agora, embora a chuva não tivesse aumentado. Pelos espaços esponjosos do céu, chegava até eles, amortecido, o rumor do rio e das árvores. Caminhavam com o mesmo passo, que era pesado em d'Arrast e musculoso no cozinheiro. De vez em quando, este levantava a cabeça e sorria para o companheiro. Tomaram a direção da igreja que se distinguia por cima das casas, alcançaram a extremidade da praça, andaram por ruas lamacentas nas quais flutuavam agora cheiros agressivos de comida. De vez em quando, uma mulher, segurando um prato ou um utensílio de cozinha, mostrava numa porta o rosto curioso, e logo desaparecia. Passaram diante da igreja, embrenharam-se num bairro velho, entre as mesmas casas baixas, e desembocaram de repente no ruído do rio invisível, atrás do bairro dos barracos que d'Arrast reconheceu.

— Bem. Deixo você aqui. Até à noite — disse.

— Está bem, em frente à igreja.

Mas enquanto falava o cozinheiro retinha a mão de d'Arrast. Hesitava. Depois, decidiu-se.

— E você, nunca pediu, nunca fez uma promessa?

— Sim, uma vez, acho.

— Num naufrágio?

— Algo assim, se quiser.

E d'Arrast retirou a mão bruscamente. Mas no momento de se virar reencontrou o olhar do cozinheiro. Hesitou, depois sorriu.

— Posso contar-lhe, se bem que não tenha importância. Alguém ia morrer por minha culpa. Acho que pedi.

— Prometeu?

— Não. Antes tivesse prometido.

— Faz muito tempo?

— Pouco antes de vir para cá.

O cozinheiro segurou a barba com as duas mãos. Seus olhos brilhavam.

— Você é um capitão — disse. — Minha casa é sua. E depois vai me ajudar a cumprir minha promessa, como se você mesmo a tivesse feito. Isso vai ajudá-lo também.

D'Arrast sorriu:

— Não acho.

— Você é orgulhoso, Capitão.

— Eu era orgulhoso, agora sou só. Mas diga-me apenas uma coisa, o seu Bom Jesus sempre o atendeu?

— Sempre, não, Capitão!

— Então?

O cozinheiro deu uma risada fresca e infantil.

— Bem — disse —, ele é livre, não?

No clube, onde d'Arrast almoçava com as autoridades, o prefeito lhe disse que devia assinar o livro de ouro do município, para que ficasse pelo menos um testemunho do grande acontecimento que era sua vinda a Iguape. Por sua vez, o juiz descobriu duas ou três novas fórmulas para celebrar, além das virtudes e dos talentos de seu hóspede, a simplicidade com que representava o grande país ao qual tinha a honra de pertencer. D'Arrast disse apenas que havia essa honra, que certamente era uma honra, segundo suas convicções, e que havia também a vantagem para sua sociedade de ter obtido a adjudicação dessas obras importantes. O juiz protestou diante de tanta humildade.

— A propósito — disse —, pensou no que devemos fazer com o chefe de polícia?

D'Arrast olhou para ele sorrindo.

— Já sei.

Consideraria como um favor pessoal, e uma graça excepcional, que quisessem efetivamente perdoar em seu nome esse tonto, a fim de que sua estada, dele, d'Arrast, que se rejubilava tanto por conhecer a bela cidade de Iguape e seus generosos habitantes, pudesse começar num clima de concórdia e de amizade. O juiz, atento e sorridente, balançava a cabeça. Meditou um instante sobre a fórmula, na qualidade de profundo conhecedor, e em seguida dirigiu-se aos assistentes, levando-os a aplaudir as magnânimas tradições da grande nação francesa e em seguida, voltado novamente para d'Arrast, declarou-se satisfeito.

— Já que é assim — concluiu —, jantaremos essa noite com o chefe.

Mas d'Arrast disse que fora convidado por amigos para a cerimônia das danças, nos barracos.

— Ah, sim! — disse o juiz. — Fico contente que vá. Vai ver, não se pode deixar de gostar do nosso povo.

À noite, d'Arrast, o cozinheiro e seu irmão estavam sentados à volta da fogueira apagada, no centro do barraco que o engenheiro visitara pela manhã. O irmão não parecera surpreso ao revê-lo. Falava mal o espanhol e limitava-se na maior parte do tempo a balançar a cabeça. Quanto ao cozinheiro, interessara-se pelas catedrais, e depois dissertara longamente sobre a sopa de feijão-preto. Agora, o dia quase terminara, e se d'Arrast via ainda o cozinheiro e o irmão, mal conseguia distinguir, no fundo do barraco, as silhuetas acocoradas de uma velha senhora e da moça que, novamente, o servira. Vindo lá de baixo, ouvia-se o rio monótono.

O cozinheiro se levantou e disse:

— Está na hora.

Levantaram-se, mas as mulheres não se mexeram. Os homens saíram sozinhos. D'Arrast hesitou, depois juntou-se aos outros. Agora, a noite caíra, a chuva cessara. O céu, de um negro pálido, parecia ainda líquido. Na sua água transparente e escura, baixas no horizonte, as estrelas começaram a se iluminar. Apagavam-se quase que imediatamente, caíam uma por uma no rio, como se o céu gotejasse suas últimas luzes. O ar espesso cheirava a água e fumaça. Ouvia-se também o rumor bem próximo da enorme floresta, no entanto imóvel. De repente, ecoaram ao longe tambores e cantos, a princípio surdos e depois mais distintos, que se aproximaram cada vez mais e que se calaram. Pouco depois, viu-se aparecer uma procissão de moças negras, com vestidos brancos de seda grosseira e cintura muito baixa. Vestido com uma capa vermelha sobre a qual pendia um colar de dentes multicoloridos, um grande negro as seguia e, atrás dele, em desordem, uma tropa de homens vestidos com pijamas brancos e músicos munidos de triângulos e de tambores largos e curtos. O cozinheiro disse que deviam acompanhá-los.

O barraco ao qual chegaram, seguindo a margem a uns cem metros dos últimos barracos, era grande, vazio, relativamente confortável com suas paredes internas de chapisco. O chão era de terra batida, o teto de sapê e de cana, sustentado por um mastro central, as paredes nuas. Sobre um pequeno altar forrado de palmas, ao fundo, e coberto de velas que mal iluminavam a metade da sala, percebia-se uma soberba gravura onde São Jorge, com um ar sedutor, dominava um dragão bigodudo. Sob o altar, uma espécie de nicho guarnecido de papéis incrustados de conchas e búzios abrigava, entre uma vela e uma tigela d'água, uma pequena estátua de barro, pintada de vermelho, que representava um deus chifrudo. Com expressão feroz, ele brandia uma faca desmedida de papel prateado.

O cozinheiro conduziu d'Arrast a um canto, onde ficaram de pé, colados na parede junto à porta.

— Assim — murmurou o cozinheiro — poderemos sair sem incomodar.

O barraco, na verdade, estava cheio de homens e mulheres, apertados uns contra os outros. O calor já aumentava. Os músicos se instalaram de um lado e de outro do pequeno altar. Os dançarinos e dançarinas se separaram em dois círculos concêntricos, os homens no interior. No centro, veio postar-se o chefe negro de capa vermelha. D'Arrast se encostou na parede e cruzou os braços.

Mas o chefe, furando o círculo de dançarinos, veio na direção deles e, com um ar sério, disse algumas palavras ao cozinheiro.

— Descruze os braços, Capitão — disse o cozinheiro. — Você está contraído, não deixa o espírito do santo baixar.

D'Arrast deixou cair docilmente os braços. Com as costas sempre coladas à parede, os membros longos e pesados, o grande rosto já reluzente de suor, ele próprio tinha o ar de um deus bestial e tranquilizador. O grande negro olhou-o e em seguida, satisfeito, voltou ao seu lugar. Logo depois, com uma voz retumbante, cantou as primeiras notas de uma melodia que todos retomaram em coro, acompanhados pelos tambores. Os círculos começaram então a girar em sentido contrário, numa espécie de dança pesada que mais parecia uma batida de pés, levemente ressaltada pela dupla ondulação dos quadris.

O calor aumentara. No entanto, as pausas diminuíam pouco a pouco, as paradas se espaçavam e a dança se acelerava. Sem que o ritmo dos outros diminuísse, sem que ele próprio deixasse de dançar, o grande negro atravessou novamente os círculos para ir em direção ao altar. Voltou com um copo d'água e uma vela acesa que enterrou no chão, no meio do barraco. Despejou a água em torno da vela em dois círculos concêntricos e depois, novamente erguido, levantou para o teto os olhos enlouquecidos. Com o corpo todo retesado, esperava, imóvel.

— São Jorge está chegando. Olhe, olhe — cochichou o cozinheiro, com olhos arregalados.

Efetivamente, alguns dançarinos tinham agora uma aparência de transe, mas de um transe imobilizado, com as mãos nos quadris, o passo rígido, os olhos fixos e sem expressão. Outros aceleravam seu ritmo, entrando em convulsões, e começavam a emitir gritos desarticulados. Os gritos aumentavam pouco a pouco e, quando se confundiram num urro coletivo, o chefe, sempre com os olhos levantados, soltou ele mesmo um longo clamor apenas fraseado, no auge do fôlego, e no qual voltavam as mesmas palavras.

— Está vendo? — murmurou o cozinheiro —, ele disse que ele é o campo de batalha do deus.

D'Arrast se impressionou com a mudança de voz e olhou para o cozinheiro que, inclinado para a frente, com os punhos cerrados, os olhos fixos, reproduzia no mesmo lugar a batida ritmada dos pés dos outros. Percebeu então que ele próprio, há alguns instantes, sem tirar os pés do lugar, dançava com todo o seu peso.

Mas os tambores se tornaram de repente violentos e, subitamente, o grande diabo vermelho se soltou. Com o olhar inflamado, os quatro membros girando em volta do corpo, as pernas dobradas, esticava um joelho e depois o outro, acelerando o ritmo a tal ponto que parecia que se ia desmembrar no final. No entanto bruscamente parou em pleno ímpeto, olhando para os assistentes com uma expressão orgulhosa e terrível, em meio ao trovão dos tambores. Logo surgiu um dançarino de um canto escuro, ajoelhou-se e estendeu para o possuído um sabre curto. O grande negro pegou o sabre sem parar de olhar à sua volta, depois fê-lo girar à volta da cabeça. No mesmo instante, d'Arrast percebeu que o cozinheiro dançava no meio dos outros. O engenheiro não o vira sair.

Na luz avermelhada, incerta, uma poeira sufocante subia do chão, tornando ainda mais espesso o ar que colava na pele. D'Arrast sentia o cansaço dominá-lo pouco a pouco; respirava com dificuldade cada vez maior. Nem chegou a ver como os dançarinos tinham conseguido munir-se dos enormes charutos que agora fumavam, sem parar de dançar, e cujo cheiro estranho enchia o barraco e lhe dava uma coloração acinzentada. Viu apenas o cozinheiro que passava perto dele, sempre dançando, e que também fumava um charuto:

— Não fume — disse.

O cozinheiro resmungou, sem deixar de ritmar o passo, fitando o mastro central com a expressão do boxeador nocauteado, a nuca percorrida por um longo e perpétuo estremecimento. A seu lado, uma negra gorda, virando o rosto animalesco da direita para a esquerda, uivava sem parar. Mas eram as jovens negras que entravam no transe mais terrível, com os pés colados no chão e o corpo percorrido, dos pés à cabeça, por sobressaltos cada vez mais violentos à medida que ganhavam os ombros. As cabeças se agitavam então da frente para trás, literalmente separadas de um corpo decapitado. Ao mesmo tempo, todos começaram a urrar num grito ininterrupto, longo, coletivo e incolor, sem respiração aparente, sem modulações, como se os corpos se atassem, músculos e nervos, em uma única emissão exaustiva que afinal desse a palavra, em cada um deles, a um ser até então absolutamente silencioso. E sem que o grito cessasse, as mulheres, uma a uma, começaram a cair. O chefe negro se ajoelhava junto a cada uma delas, apertava-lhes rápida e convulsivamente as têmporas com a grande mão de músculos negros. Então elas se levantavam, cambaleantes, entravam na dança e retomavam os gritos, fracos a princípio, e depois cada vez mais altos e rápidos, para tornarem a cair, e de novo levantar, recomeçando sempre durante muito tempo, até que o grito geral se enfraquecesse, se alterasse, e degenerasse numa espécie de uivo rouco que os sacudia com o seu soluço. D'Arrast, exausto, com os músculos tensos pela longa dança imóvel, sufocado pelo próprio silêncio, sentiu que vacilava. O calor, a poeira, a fumaça dos charutos, o cheiro humano tornavam o ar totalmente irrespirável. Procurou o cozinheiro com o olhar: este desaparecera. D'Arrast deixou-se escorregar pela parede e acocorou-se, retendo a náusea.

Quando abriu os olhos, o ar continuava sufocante, mas o ruído cessara. Apenas os tambores ritmavam um batuque grave, ao som do qual, em todos os cantos do barraco, os grupos cobertos de tecidos esbranquiçados batiam os pés. Mas no centro do barraco já sem o copo e a vela, um grupo de moças negras, em estado semi-hipnótico, dançava lentamente, sempre a ponto de se deixar ultrapassar pelo compasso. De olhos fechados, mas muito eretas, elas se balançavam ligeiramente para frente e para trás, na ponta dos pés, quase no mesmo lugar. Duas delas, obesas, tinham o rosto coberto por uma cortina de ráfia. Rodeavam uma outra moça, fantasiada, alta, esguia, que d'Arrast reconheceu de repente como a filha de seu anfitrião. Vestida de verde, usava um chapéu de caçadora de gaze azul, levantado na frente, ornado de plumas de mosqueteiro, e segurava na mão um arco verde e amarelo, munido de sua flecha, em cuja ponta estava espetado um pássaro multicor. Sobre o corpo gracioso, a bela cabeça oscilava lentamente, um pouco virada, e no rosto adormecido refletia-se uma melancolia indiferente e inocente. Nas pausas da música, ela cambaleava, sonolenta. Apenas o ritmo reforçado dos tambores lhe dava uma espécie de escora invisível em torno da qual ela enrolava seus gestos moles até que, parando novamente ao mesmo tempo que a música, cambaleando à beira do equilíbrio, emitia um estranho grito de pássaro, penetrante e no entanto melodioso.

D'Arrast, fascinado por essa dança em marcha lenta, contemplava a Diana negra quando o cozinheiro surgiu diante dele, com o rosto liso agora descomposto. A bondade desaparecera de seus olhos que refletiam apenas uma espécie de avidez desconhecida. Sem benevolência, como se falasse a um estranho:

— É tarde, Capitão — disse. — Eles vão dançar a noite toda, mas não querem que você fique mais tempo.

Com a cabeça pesada, d'Arrast levantou-se e seguiu o cozinheiro que chegou até a porta esgueirando-se pela parede. Na soleira, o cozinheiro afastou-se um pouco, segurando a porta de bambus, e d'Arrast saiu. Virou-se e olhou para o cozinheiro que não se mexera.

— Venha. Daqui a pouco vai ser preciso carregar a pedra.

— Vou ficar — disse o cozinheiro com um tom decidido.

— E a sua promessa?

Sem responder, o cozinheiro empurrou um pouco a porta que d'Arrast retinha com uma das mãos. Ficaram assim por um segundo, e d'Arrast cedeu, dando de ombros. Afastou-se.

A noite estava cheia de aromas frescos e perfumados. Acima da floresta, as raras estrelas do céu austral, ofuscadas por uma névoa invisível, brilhavam fracamente. O ar úmido estava pesado. No entanto, parecia deliciosamente fresco quando se saía do barraco. D'Arrast subia a encosta escorregadia, chegava até os primeiros barracos, tropeçava como um homem bêbado pelos caminhos esburacados. A floresta murmurava um pouco, bem próxima. O barulho do rio crescia, todo o continente emergia na noite e o enjoo invadia d'Arrast. Parecia-lhe que gostaria de vomitar esse país inteiro, a tristeza de seus grandes espaços, a luz baça das florestas, e o marulhar noturno de seus grandes rios desertos. Esta terra era grande demais, o sangue e as estações se confundiam, o tempo se liquefazia. Aqui a vida era rente ao chão e, para integrar-se nela, era preciso deitar-se e dormir, durante anos, no próprio chão lamacento ou ressecado. Lá na Europa, existia a vergonha e a cólera. Aqui, o exílio ou a solidão, em meio a esses loucos lânguidos e trepidantes, que dançavam para morrer. Mas, através da noite úmida, cheia de aromas vegetais, o estranho grito de pássaro ferido emitido pela bela adormecida ainda chegava até ele.

Quando d'Arrast acordou após um sono difícil com a cabeça obstruída por uma pesada enxaqueca, um calor úmido esmagava a cidade e a floresta imóvel. Agora ele esperava à entrada do hospital, olhando para seu relógio parado, incerto quanto à hora, espantado com o dia claro e com o silêncio que subia da cidade. O céu, de um azul quase resplandecente, pesava sobre os primeiros tetos apagados. Urubus amarelados dormiam, imobilizados pelo calor, sobre a casa em frente ao hospital. Um deles se agitou de repente, abriu o bico, tomou providências óbvias para alçar voo, bateu duas vezes as asas poeirentas de encontro ao corpo, elevou-se alguns centímetros acima do teto, e tornou a cair para adormecer quase em seguida.

O engenheiro desceu em direção à cidade. A praça principal estava deserta, assim como as ruas que acabava de percorrer. Ao longe, e de cada lado do rio, uma névoa baixa flutuava sobre a floresta. O calor caía verticalmente e d'Arrast procurou um canto de sombra para abrigar-se. Viu então, sob o alpendre de uma das casas, um homenzinho que acenava para ele. Mais de perto, reconheceu Sócrates.

— Então, Sr. d'Arrast, gostou da cerimônia?

D'Arrast disse que fazia calor demais no barraco, e que preferia o céu e a noite.

— Sim — disse Sócrates — na sua terra, é só missa. Ninguém dança.

Ele esfregava as mãos, pulava num pé só, girava em torno de si mesmo, ria até perder o fôlego.

— São incríveis, eles são incríveis.

Depois olhou para d'Arrast com curiosidade:

— E você, vai à missa?

— Não.

— Então, vai aonde?

— A lugar nenhum. Não sei.

Sócrates continuava a rir.

— Não é possível! Um senhor sem igreja, sem nada!

D'Arrast ria também:

— Sim, como vê, não encontrei meu lugar. Então, fui embora.

— Fique conosco, Sr. d'Arrast, gosto de você.

— Gostaria muito, Sócrates, mas não sei dançar.

Suas risadas ecoavam no silêncio da cidade deserta.

— Ah — disse Sócrates —, quase esqueci. O prefeito quer ver você. Vai almoçar no clube.

E, sem qualquer aviso, partiu em direção ao hospital.

— Onde é que você vai? — gritou d'Arrast.

Sócrates imitou um ronco:

— Dormir. Daqui a pouco a procissão.

E, correndo um pouco, recomeçou os roncos.

O prefeito queria apenas dar a d'Arrast um lugar de honra para ver a procissão. Explicou isso ao engenheiro, dividindo com ele um prato de carne e arroz que faria um paralítico sair andando. Instalar-se-iam a princípio na casa do juiz, numa varanda, diante da igreja, para ver a saída do cortejo. Em seguida iriam à prefeitura, na grande rua que conduzia à praça da igreja e por onde os penitentes passariam na volta. O juiz e o chefe de polícia acompanhariam d'Arrast, já que o prefeito era obrigado a participar da cerimônia. O chefe de polícia estava na sala do clube, e girava sem parar em torno de d'Arrast, com um incansável sorriso nos lábios, pródigo em discursos incompreensíveis, mas evidentemente afetuosos. Quando d'Arrast desceu, o chefe de polícia se precipitou para abrir caminho para ele, mantendo abertas todas as portas à sua frente.

Sob o sol maciço, na cidade ainda vazia, os dois homens se dirigiam à casa do juiz. Apenas seus passos ecoavam no silêncio. Mas, de repente, uma bomba explodiu numa rua próxima e fez voar, em grupos pesados e emaranhados, os urubus de pescoço pelado. Quase em seguida dezenas de fogos explodiram em todas as direções, as portas se abriram e as pessoas começaram a sair das casas, enchendo as ruas estreitas.

O juiz expressou a d'Arrast seu orgulho em acolhê-lo em sua casa indigna e fez com que subisse um lance de uma bela escadaria barroca, caiada de azul. No patamar, à passagem de d'Arrast, abriam-se portas de onde surgiam cabeças morenas de crianças que desapareciam em seguida com risos abafados. A sala principal, de uma bela arquitetura, só continha móveis de rotim e grandes gaiolas de pássaros de uma tagarelice estonteante. A varanda onde se instalaram dava para a pracinha diante da igreja. A multidão começava agora a enchê-la, estranhamente silenciosa, imóvel sob o calor que descia do céu em ondas quase visíveis. Só as crianças corriam em volta da praça, parando bruscamente para soltar fogos cujas explosões se sucediam. Vista da varanda, a igreja, com suas paredes de chapisco, sua dezena de degraus caiados de azul, suas duas torres azul e ouro, parecia menor.

De repente, no interior da igreja, soaram os órgãos. A multidão, voltada para o átrio, organizou-se dos lados da praça. Os homens tiraram os chapéus, as mulheres se ajoelharam. Os órgãos longínquos tocaram longamente uma espécie de marcha. Depois, um estranho ruído de hélices veio da floresta. Um minúsculo avião de asas transparentes e carcaça frágil, insólito nesse mundo sem idade, surgiu por cima das árvores, desceu um pouco em direção à praça e passou, com um ronco de matraca, acima das cabeças voltadas para ele. Em seguida o avião fez a volta e afastou-se em direção ao estuário.

Mas, na escuridão da igreja, um tumulto obscuro chamava novamente a atenção. Os órgãos se calaram substituídos agora pelos metais e tambores, invisíveis sob o pórtico. Os penitentes, cobertos com mantos negros, saíram da igreja um a um, agruparam-se no adro, e começaram a descer os degraus. Atrás deles vinham os penitentes brancos carregando flâmulas vermelhas e azuis, e depois um pequeno grupo de meninos fantasiados de anjos, confrarias de filhos de Maria, com pequenos rostos negros e sérios, e finalmente, sobre um andor colorido, carregado por autoridades que transpiravam em seus ternos escuros, a efígie do próprio Bom Jesus, cajado na mão, a cabeça coberta de espinhos, sangrando e cambaleando por cima da multidão que lotava os degraus do adro.

Quando o andor chegou ao último degrau, houve uma pausa durante a qual os penitentes tentaram se organizar num simulacro de ordem. Foi então que d'Arrast viu o cozinheiro. Ele acabara de abrir passagem no adro, sem camisa, e carregava sobre o rosto barbudo um enorme bloco retangular que repousava, sobre uma placa de cortiça, no próprio crânio. Com passo firme desceu os degraus da igreja, com a pedra perfeitamente equilibrada pela abertura dos braços curtos e musculosos. Assim que chegou atrás do andor, a procissão se agitou. Do pórtico surgiram então os músicos, vestidos com trajes de cores vivas e se esfalfando com os metais engalanados. Com as batidas de um passo redobrado, os penitentes aceleraram seu ritmo e alcançaram uma das ruas que davam para a praça. Quando o andor desapareceu depois deles, só se via o cozinheiro e os últimos músicos. Atrás deles, a multidão se agitou, em meio às explosões, enquanto o avião, com um grande ruído de ferragens, voltava a passar por cima dos últimos grupos. D'Arrast olhava apenas para o cozinheiro que agora desaparecia na rua e cujos ombros de repente pareciam se curvar. Mas a essa distância, ele via mal.

Pelas ruas vazias, entre as lojas fechadas e as portas cerradas, o juiz, o chefe de polícia e d'Arrast chegaram até a prefeitura. À medida que se afastavam da fanfarra e das detonações, o silêncio voltava a se apossar da cidade, e já alguns urubus tomavam nos telhados o lugar que pareciam ocupar desde sempre. A prefeitura dava para uma rua estreita, mas comprida, que ia de um dos bairros exteriores à praça da igreja. Por ora estava vazia. Do balcão da prefeitura, até onde a vista alcançava, distinguia-se apenas um calçamento esburacado, onde a chuva recente deixara algumas poças. O sol, que agora baixara um pouco, corroía ainda, do outro lado da rua, as fachadas cegas das casas.

Esperaram durante muito tempo, tanto tempo que d'Arrast, de tanto olhar a reverberação do sol sobre a parede em frente, sentiu retornarem o cansaço e a vertigem. A rua vazia, as casas desertas, atraíam-no e repugnavam-no ao mesmo tempo. Novamente, queria fugir desse país, pensava ao mesmo tempo naquela pedra enorme, gostaria que essa provação tivesse terminado. Ia propor que descessem quando todos os sinos da igreja começaram a tocar. No mesmo instante, no outro extremo da rua, à sua esquerda, iniciou-se um tumulto e uma multidão efervescente surgiu. Ao longe, via-se que ela se aglomerava em torno do andor, romeiros e penitentes misturados e que caminhavam, em meio às bombas e aos gritos de alegria, pela rua estreita. Em alguns segundos, encheram-na até as bordas, avançando na direção da prefeitura, numa desordem indescritível, idades, raças e fantasias fundidas numa massa confusa, coberta de olhos e bocas vociferantes, e de onde saía, como lanças, um exército de velas cujas chamas se evaporavam na luz ardente do dia. Mas quando chegaram perto e a multidão, de tão densa, pareceu subir pelas paredes debaixo da sacada, d'Arrast viu que o cozinheiro não estava mais ali.

Com um único movimento, sem se desculpar, deixou a sacada e a sala, desceu a escadaria e viu-se na rua, sob o trovão dos sinos e dos fogos. Lá, teve que lutar contra a multidão alegre, com os que carregavam as velas, com os penitentes deslumbrados. Mas de modo irresistível, andando com todo o seu peso contra a maré humana, ele abriu caminho com um movimento tão violento que cambaleou e quase caiu quando se viu livre, com a multidão para trás, na extremidade da rua. Colado ao muro ardente, esperou que a respiração voltasse. Depois, recomeçou a andar. No mesmo instante, um grupo de homens desembocou na rua. Os primeiros caminhavam de costas, e d'Arrast viu que cercavam o cozinheiro.

Ele estava visivelmente extenuado. Parava, e depois, curvado sob a enorme pedra, corria um pouco, com o passo apressado dos carregadores e dos *coolies*, o pequeno trote da miséria, rápido, com a planta do pé batendo toda no chão. À sua volta, os penitentes, com os mantos sujos de cera derretida e poeira, encorajavam-no quando ele parava. À sua esquerda, o irmão caminhava ou corria em silêncio. Pareceu a d'Arrast que levavam um tempo interminável para percorrer o espaço que os separava dele. Quase junto dele, o cozinheiro parou novamente e lançou à sua volta olhares apagados. Quando viu d'Arrast, sem contudo parecer reconhecê-lo, imobilizou-se, voltado para ele. Um suor oleoso e sujo cobria-lhe o rosto agora cinzento, sua barba estava cheia de fios de saliva, uma espuma marrom e seca cimentava-lhe os lábios. Tentou sorrir. Mas imóvel sob sua carga, seu corpo todo tremia, exceto à altura dos ombros onde os músculos estavam visivelmente retesados numa espécie de câimbra. O irmão, que reconhecera d'Arrast, disse-lhe apenas:

— Ele já caiu.

E Sócrates, que surgira não se sabe de onde, veio cochichar-lhe ao ouvido:

— Dançar demais, Sr. d'Arrast, a noite toda. Ele está cansado.

O cozinheiro tornou a andar, com seu trote cadenciado, não como alguém que quer avançar, mas como se fugisse da carga que o esmagava, como se esperasse torná-la mais leve pelo movimento. D'Arrast, sem saber como, viu-se à sua direita. Colocou nas costas do cozinheiro a mão agora leve e caminhou a seu lado, com pequenos passos apressados e pesados. Na outra extremidade da rua, o andor desaparecera, e a multidão, que enchia agora a praça, não parecia mais caminhar. Durante alguns segundos o cozinheiro, ladeado pelo irmão e por d'Arrast, ganhou terreno. Logo apenas uns vinte metros o separavam do grupo que se amontoara diante da prefeitura para vê-lo passar. No entanto, parou novamente. A mão de d'Arrast fez-se mais pesada.

— Vamos — disse —, só mais um pouco.

O outro tremia, a saliva recomeçava a escorrer-lhe da boca, enquanto sobre todo o corpo o suor literalmente jorrava. Ele respirou de um modo que julgou profundo e parou de repente. Agitou-se ainda, deu três passos, cambaleou. E de repente a pedra escorregou-lhe do ombro, ferindo-o, e foi ao chão, enquanto o cozinheiro, desequilibrado, desmoronava para o lado. Aqueles que o precediam encorajando-o pularam para trás com grandes gritos; um deles apoderou-se da placa de cortiça, enquanto os outros seguravam a pedra para novamente fazer o cozinheiro carregá-la.

D'Arrast, curvado sobre ele, limpava com a mão o ombro sujo de sangue e de poeira, enquanto o homenzinho, com o rosto colado no chão, ofegava. Não ouvia nada, não se mexia mais. A boca se abria avidamente a cada respiração, como se fosse a última. D'Arrast pegou-o e ergueu-o quase tão facilmente como se se tratasse de uma criança. Mantinha-o de pé, encostado nele. Todo curvado, falava-lhe de perto, como para insuflar-lhe força. Momentos depois, o outro, ensanguentado e coberto de terra, afastou-se dele, com uma expressão estupefata no rosto. Cambaleando, dirigiu-se novamente até a pedra que os outros levantavam um pouco. Mas deteve-se; olhava para a pedra com um olhar vazio, e abanava a cabeça. Depois deixou cair os braços ao longo do corpo e voltou-se para d'Arrast. Lágrimas enormes escorriam silenciosamente pelo rosto devastado. Queria falar, falava, mas sua boca mal formava as sílabas.

— Eu prometi — dizia.

E depois:

— Ah, Capitão! Ah, Capitão! — e as lágrimas sufocaram-lhe a voz.

O irmão surgiu às suas costas, abraçou-o, e o cozinheiro, chorando, deixou-se cair contra ele, vencido, a cabeça virada.

D'Arrast olhava para ele, sem encontrar palavras. Voltou-se para a multidão, ao longe, que gritava de novo. De repente, arrancou a placa de cortiça das mãos que a seguravam e caminhou em direção à pedra. Fez sinal aos outros para que a erguessem e carregou-a quase sem esforço. Ligeiramente achatado sob o peso da pedra, com os ombros encolhidos, ofegando um pouco, olhava para baixo, ouvindo os soluços do cozinheiro. Em seguida movimentou-se por sua vez com um passo poderoso, percorreu sem vacilar o espaço que o separava da multidão, na extremidade da rua, e abriu passagem com firmeza entre as primeiras filas que se abriram diante dele. Entrou na praça, sob o ruído dos sinos e das explosões, mas entre duas fileiras de espectadores que o olhavam com espanto, subitamente silenciosos. Continuava, com o mesmo passo impetuoso, e a multidão abria caminho para ele até a igreja. Apesar do peso que começava a esmagar-lhe a cabeça e a nuca, viu a igreja e o andor que parecia esperá-lo no adro. Caminhava em sua direção e já ultrapassara o centro da praça quando de modo brutal, sem saber por que, deu uma guinada para a esquerda, desviando-se do caminho da igreja, obrigando os romeiros a encará-lo. Atrás dele, ouvia passos apressados.

À sua frente, as bocas se abriam em todos os lugares. Ele não compreendia o que elas gritavam, embora acreditasse poder reconhecer a palavra em português que lhe diziam sem parar. De repente, Sócrates apareceu diante dele, virando os olhos assustados, falando palavras sem nexo e mostrando, atrás dele, o caminho da igreja.

— Para a igreja, para a igreja — era o que gritavam Sócrates e a multidão.

D'Arrast continuou no entanto seu caminho. E Sócrates se afastou, com os braços comicamente levantados, enquanto a multidão pouco a pouco se calava. Quando d'Arrast entrou na primeira rua, que já percorrera com o cozinheiro, e que sabia levar aos bairros do rio, a praça não era mais que um rumor confuso atrás dele.

Agora, a pedra pesava-lhe dolorosamente sobre o crânio e ele precisava de toda a força de seus grandes braços para torná-la mais leve. Os ombros já fraquejavam quando atingiu as primeiras ruas, cujo declive era escorregadio. Deteve-se e apurou os ouvidos. Estava só. Ajeitou a pedra em seu suporte de cortiça e desceu com um passo prudente, mas ainda firme, até o bairro dos barracos. Quando chegou, a respiração começava a faltar-lhe, seus braços tremiam em volta da pedra. Apressou o passo, chegou afinal à pequena praça onde se erguia o barraco do cozinheiro, correu até lá, abriu a porta com um pontapé, e, com um único movimento, atirou a pedra no centro do cômodo, sobre a fogueira ainda em brasa. Então, reerguendo-se todo, subitamente enorme, aspirando com grandes sorvos desesperados o cheiro de miséria e de cinzas que reconhecia, escutou subir dentro dele a onda de uma alegria obscura e ofegante cujo nome não conhecia.

Quando os moradores do barraco chegaram, encontraram d'Arrast de pé, encostado na parede dos fundos, de olhos fechados. No centro da peça, no lugar da fogueira, a pedra estava semienterrada, recoberta de cinzas e de terra. Todos se mantinham na soleira sem avançar e olhavam para d'Arrast em silêncio como se o interrogassem. Mas ele continuava calado. Então, o irmão conduziu para junto da pedra o cozinheiro que se deixou cair no chão. Também ele se sentou, fazendo sinal aos outros. A velha se juntou a ele, depois a moça daquela noite, mas ninguém olhava para d'Arrast. Estavam agachados em círculo em volta da pedra, silenciosos. Apenas o rumor do rio chegava até eles através do ar abafado. D'Arrast, de pé na escuridão, ouvia, sem nada ver, e o ruído das águas o enchia de uma felicidade tumultuada. De olhos fechados, saudava alegremente sua própria força, saudava, uma vez mais, a vida que recomeçava. No mesmo instante, houve uma explosão que parecia muito próxima. O irmão afastou-se um pouco do cozinheiro e virando-se para d'Arrast, sem olhar para ele, mostrou-lhe o lugar vazio:

— Sente-se conosco.

Este livro foi composto na tipografia
Minion Pro, em corpo 11,5/15, e impresso em
papel off-white no Sistema Digital Instant Duplex
da Divisão Gráfica da Distribuidora Record.